北京繁華錄

侯磊 著

中国工人出版社

推荐序

每个人都在“建造”自己的北京城

杨 早

实话实说，让我给侯磊的《北京繁华录》写序，多少算一件赶鸭子上架的事儿。我虽然在北京居住工作了小二十年，也将清末民初的北京作为我的研究对象，但缺乏侯磊那种打心底里对北京的深情。就连我儿子，生在北京长在北京，去别的城市，也是说北京各种不好，这小子似乎是真没体会到北京的好。

但我也特别能理解侯磊对北京的爱，源于所谓“三重门”：文物、文献、文人。侯磊的三重爱，也正好对应着清代一位大“北漂”、《越缦堂日记》的作者李慈铭的说法——他说，京师有三尚可：“书尚可买，花尚可看，戏尚可听。”书是文献，戏的演者与听者都可以算成文人，唯有花尚可看，似乎不是文物可以概括。但其实不然，侯磊书中交代，北京本是一座水乡，小地名里河、湾、池、海、潭、坝不胜枚举。是的，北京本来是一座亲近自然、满眼皆绿的城市。现在则只有等那带来很多不便的大雪，“一下雪，北京就成了北平”，或许就是因为大雪会带来久违的水汽氤氲。

作为有心理距离的外乡人，我对北京的特色有自己的认知。北京的特色是所有的元素累积而成的，涵盖了《北京繁华录》里的三辑内容——“醉太平”（城市）、“集贤宾”（人物）、“清平乐”（文艺），也可以分为三重：

（一）北京是一座“浮城”，也可以称为“二重都市”；

（二）北京是一座消费型城市，也是最讲规矩的城市；

（三）北京是一座正在发生巨变的城市。

关于第一点，从元大都算起，北京这座城市断断续续有七百年首都的身份，而且现在还是。这座城市必然具备“首都”与“城市”的二重性。那么，一个外地人来到北京，一个本地人生长在北京，他们的工作、居住、生活需要，到底有多少关乎首都，多少勾连城市，本就是一个很难说清的问题。历代来往京师的文人，喜欢北京的不少，天天想着逃离的也尽有——但逃离也未必离得开，离得开又未必不想回来。而总的来说，北京的生活不如很多别的城市（尤其南方城市）精细，也是很难否认的事实。侯磊在《北京文学》的隔代同事汪曾祺，年轻时从高邮水乡跑去昆明待了七年，会引苏东坡的诗夸昆明“故乡无此好湖山”，他在北京住了小五十年，就决不会这样说，虽然北京也有湖，也有山，且都比昆明大多了，但玉渊潭总比不得翠湖可爱，西山也不是五华山那样嵌进城市生活里的存在。当然，北京也有它的景色之魅：秋日的晴空、掠过的鸽哨、年节的庙会、胡同的幌子……这些都自有醉人处，但不免常被人加上首都的赋值。如果以渺小的个人为尺度，这座城市似乎太大了，而且越来越大。

北京作为首都，就不是天生的工业或商业都市，粮食货品，必须仰给于漕运。这倒不全是弱处，反而可能成为特点。这是一座特别适于“计划”的都市，从食物、饮水、垃圾，到柴米油盐，再到人际交往，家长里短，无不纳入一定的“规矩”，很容易给住在其中的人一种恒久不变的错觉。老舍号称“北京书写的圣手”，其实他最好的文字都是在写北平。我觉得有两个细节最典型：一是外地农民骆驼祥子来到北平，来到这种已非首都的“大城”，他就不是冲着中心地位来的，而是喜欢这里的机会与体贴；另一处是同从外乡来的祁老太爷，根据自己多年人生经验，认定北京没有三个月抗不过去的灾荒。这都是非常典型的北京居民心态。在侯磊笔下的“醉太平”里，他写北京的节俗、小吃、慈善，都是从升斗市民的角度写这座都市的体贴。说白了，大伙儿常说北京是“都市里的村庄”，这种人情味儿和规矩劲儿是很重要的标识。人情与规矩不属于巍巍帝都，但属于胡同、老字号和小吃。很多北京人爱住的这座城市，其实就是爱这种氛围，像母体一样包围、温暖每个孩子。

也唯因此，当北京向“现代化大都市”转型时，它会碰到前所未有的困难，既然当年没择地另建新都，对原有社会结构与生活方式的改变就无可避免。像京剧、昆曲、评书、相声、武术这些文化元素，往往容易处于一种“高升 / 退隐”的尴尬状态。一方面，它们是新都市的文化符号；另一方面，它们离日常生活越来越遥远。像侯磊这样的“年轻的老北京”热切地伸出手去，企图能留住刹那繁华，也只能感慨“旧京的风貌有一天终将消亡，只能剩下描写旧京的诗文”。这是一种文化宿命，而所谓的旧京风华，是不是因为它的残缺与易逝，反而能激起更多的书写与想象？正如这本《北京繁华录》，从城市生活写到居停人物，再写到精神生活，甚至成了一位“80 后”作家的精神底色，即使饮食笔触涉及安徽三河、湖北利川、福建永定，它们的对照组仍是念念不忘的北京，仍是垂垂老矣的大家庭，“只能家里做，外面买的不是味儿”。

每个人都在建造自己的北京，在纸面上或是心里头。一面是现实的“长安居，大不易”，一面是心理上的“长安绝无滋味”，可以共享的，仍是《北京繁华录》这样的记忆与想象，在精神世界里营建那温润的、体贴的、不可复现的公园与水乡。

（作者系文史学者、中国社会科学院文学所研究员）

目录

醉太平

社火：撂跤的耍中幡 3

小吃：做小吃是与人为善 13

市井：旧京的慈与善 22

饮馔：北平味儿不只是流动的盛宴 30

字号：北京梦华录 36

水乡：北京变形记 44

舌尖：食与情思 54

碑刻：东方幻象 69

象外：三千年来的中国环境 76

集贤宾

北漂：民国文人的文艺千秋梦 89
平民：人民艺术家的平民本色 102
玩家：王世襄・黄裳・徐城北 115
大佬：最早主持北京城改造的人 126
还乡：叶嘉莹的旧京诗意 136
先生："东北版老舍"之单田芳 146
身份：有关金庸的文学三话 154

清平乐

七代：传奇谭家与百年京剧 165

武生：二十年蹉跎岁月 175

男旦：为什么由男人唱旦角 185

昆曲：昆腔本是文人曲 194

江湖：生存之道 202

武术：当传统武术不再用于实战 210

后　记 220

醉太平

社火：摺跤的耍中幡

每逢北京有庙会的时候，总有打扮齐全的各路队伍在去上香的路上游行，他们举着旗帜，耍飞叉，踩高跷，敲锣打鼓，边走边进行各种表演，这叫“走香会”，源自“社火”。自古以来民间以村、堡为“社”，在节日会敲打着鼓乐，扮演各种杂戏来敬神与自娱，就叫“社火”。而香会是有组织地朝拜某处寺庙以表达信仰的虔诚，可看成社火的一种形式。

香会分“文会”与“武会”。“文会”负责庙会上的饮、食、住、行，“武会”就是各路表演——每一种表演叫作一档，人称“幡鼓齐动十三档”，其中的第四档，便是中幡。

“幡鼓齐动十三档”是哪些档？按照庙会走会的顺序，包括：

开路——耍飞叉，能耍单头叉、双头叉、火叉；

五虎——五虎棍，都勾脸，表演赵匡胤打董家五虎的故事；

侠客木——踩高跷；

中幡——又叫大执事；

狮子——北派舞狮；

双石——近似杠铃；

石锁——又叫掷子；

杠子——近似单杠表演，由人在两边举着；

花坛——耍坛子，又叫小执事；

吵子——锣鼓等 12 种乐器组成，能吹打各种曲牌子；

杠箱——两个人用长杠子抬着一只箱子表演；

天平——演唱十不闲莲花落（十不闲那个架子叫天平架子）；

神胆——挎鼓，挎在身上行进中敲打的大鼓。

最初扭秧歌、跑旱船，并不是十三档香会里的，民国时期又补上三档：踏车会（自行车）、小车会、旱船会，传统上还叫“十三档”。

中幡又叫“礼部大执式”，简称“大执事”，早年叫“大督旗”，正字为“大纛（dào）旗”。因口语念大“dū”，就写作“大督”了。由此可见“中幡”原本是一种旗，一种行军、打猎、祭祀出巡时用的仪仗旗杆。中幡界如今还保存着能追溯到的最早的中幡，距今已经一百多年了。

中幡是竹子做的，分大、中、小三种，演练时会出现若干中幡，不可能只有一根。最大的中幡能有二十米高，重三十多斤到六十多斤，是镇场子的，往往立着不动，叫主幡或样幡。一般很难找到这么大的竹子，找到了也没法耍。

中幡的竿顶悬挂一面宽半米、长几米的长条锦旗，叫“标旗”。正面绣有祝福语，过去多是“晃动乾坤定太平”，现在多是“中幡舞动中国梦”。顶上还设璎珞宝盖，有彩釉、锦缎、响铃、小旗、流苏等，是从皇家仪仗的旗罗伞盖里学来的，既能装饰，扔起来又能有点空气阻力，让幡慢点下来，容易接。中等的中幡十五米高，一般在场地中表演都要这种；小的中幡四米高，走香会时一边走一边耍，镖旗按比例缩小，这样通过城门和牌楼时，也可以不中断。

八旗子弟的玩艺儿

中幡最早是行军打仗时的旗帜，除此之外，可以在休息时耍着玩儿，给皇帝解闷儿。这叫“子弟玩艺儿”——八旗子弟的玩艺儿。

耍中幡要扔得高、接得稳，有各种术语：从左手抛到右手并转换手腕，叫“拧幡”；没接住中幡，幡从头顶滑向后背，叫“溜幡”；把中幡举起来用牙叼着，叫“牙剑”，扔起来用下牙接住，叫“虎口拔牙”，练不好就把牙砸掉了。

用头接中幡，叫“脑剑”，这个得练“糙顶”——把脑门儿上练出厚厚的茧子，否则接不住，也容易被中幡划破。

如何练“糙顶”呢？要用藤子棍儿在脑门儿上反复敲打，直至脑门发木、肿起大包，等到消肿了接着练。这就像格斗中练腿功，要用擀面杖或啤酒瓶子擀小腿的迎面骨并反复敲打，让腿变硬，是一个道理。现在中幡底部有保护措施，一般用不着“糙顶”了。

放在鼻子上顶着中幡叫“断梁”，用鼻子来接中幡叫“砸断梁”。还有各种练法说词：将中幡抛起，用脑门立住，叫“霸王举鼎”；单腿支地，单手大拇指肚托中幡，叫“金鸡独立”；用双掌夹着幡端在胸前做烧香状，叫“童子拜佛”，这一招，可真得有把子臂力。练成高手以后，还得自己琢磨发明惊险动作，比如，用后脚跟将中幡踢起来。

中幡的耍法真是五花八门，比如“龙抬头”“老虎撅尾”“封侯挂印”“苏秦背剑”“太公钓鱼”“擎一柱”，等等。

老北京有一首地方曲艺串铃数子《子弟大过会》，详细地唱出了当时中幡的惊险：

> 二档中幡逞英豪，头手先要一个怀中抱，举三举、落三落，托塔转云幡，愣往脑袋上掉……别的故事全好了，唯有压肩最难学：劲头不许大，劲头不许小，要一小，砸脑勺，劲儿大，一出溜可怎么好？眼睛、鼻子全平了。

清朝时期，皇家自己组织的香会，或受过皇封的香会都叫“皇会”，皇会一共八档，俗称“内八档”，分别是：兵部的杠箱、刑部的棍、户部的秧歌、工部的石锁、吏部的双石、礼部的中幡、掌仪司的太狮和太子府的花坛，再加上学祠的棍和翰林院的棍，凑够十档，就叫“十堂官会”。

内八档由内务府出资举办，一般不出宫表演，为皇宫大典时专用。每年腊月二十三过小年时，皇帝也都固定要看摺跤、耍中幡。内八档在乾隆年间由镶黄旗佐领领属，归内务府升平署管理，走会时先是皇宫传升平署，由升平署传掌仪司，再由掌仪司传内八档各会。据说当时内务府有两位太监：一位姓卢，管民间香会；一位姓佟，管皇会。还有传说，雍正爷的兄弟十三爷胤祥守皇陵时，闲得无聊，看当地村民玩杂耍，于是就发明了走会，再带到了宫里，这个就无考了。

演练皇会和中幡不是为了卖艺，文场（乐手）也不出去应红白事。1938年，内八档皇会在北海举行了最后的义演，从此不知去向，天各一方。

跤幡不分家：撂跤的练中幡

宫廷里走会耍中幡要有组织有纪律，耍的人也不是平头百姓，而是八旗子弟。他们有“铁杆庄稼”——每月领着八旗兵丁固定的军饷。中幡技术难度大，不是“票友”能玩儿的，那么，宫里头哪部分人练中幡呢？答曰：“内卫部队——善扑营里撂跤的。”

撂跤，行话叫“膘子”，其实就是摔跤。北京秉承满蒙之风，有撂跤的传统。撂跤常常在毯子上摔，又叫“摔毯子”，也叫“腿子”，分为“官腿子”和“私腿子”，即官跤和私跤。

撂跤源于战场。战场上人人都穿着甲胄，掉了兵器打拳踢腿根本没用，只有摔跤保命，是一种凶狠实用的格斗术，能把人大头朝下，脑袋摔到腔子里去，也常用来比武健身。比跤，要光膀子穿褡裢。褡裢短袖褂子，是用小五福布纳的，没领子没扣，能禁得住抓，要是普通衣服，一抓就破了。穿上褡裢后左右相叠，再下摆用绳子绕两圈系上，俗称“褡裢扣”。一看系褡裢扣的样子，就知道是不是内行。北京人讲话：“给他件褡裢，甭说咱爷们儿欺负他。”古代穿褡裢比跤，摔死了白摔死。

清宫中，圣祖爷康熙帝创善扑营，组长称“葛儿达”（蒙古语），跤手称“扑户”，分为头等、二等、三等，本职是皇帝的贴身保镖，也陪着皇帝摔跤、练功。每逢蒙古王公觐见时，会组织善扑营与草原上的蒙古摔跤手比跤。康熙擒鳌拜时，便训练了众多少年练习摔跤，仗着人多，一下子拿下了有“满洲第一勇士”之称的鳌拜。

撂跤没有套路，每一个技法都要有深厚的基本功，每一个基本功都要有器械来练，比如棒子、大杆、石锁、天秤、地秤、石担子、掷子（用青石或铸铁做成铜锁形状，你扔我接）、大拧子（把旧城砖两端一边安一个把儿，把城砖拧来拧去来练功）等。中幡的手上功夫包括“挑、端、云、开、垂”，腿法包括“踢、抽、盘、跪、过”，使的都是巧劲儿。这种劲儿叫“圆力”，不是蛮力，和摔跤的劲头儿一样，所以撂跤的高手往往能撂倒比自己力大体沉的人。

耍中幡要用手中、肩上、脑门、下巴、项背接住中幡，还要用胳膊肘的肘弯，将幡竿竖于肘弯处，再颠到另一个肘弯接住，为此更要练反转手腕。这跟撂跤的技法、基本功十分近似。因此，中幡可以说是善扑营撂跤的一种训练器械。这就好比，牛街回民练摔跤，基本功有一项是练掷子；白纸坊走会练挎鼓的，多练通背拳，因为挎着鼓行进步伐与通背拳的步法近似。功夫不同，原理相通，万变不离其宗。

另一种解释是，将撂跤的功法和技法藏于中幡之中。古代上阵杀敌一方面需要武术，另一方面为了维护社会稳定，又需要禁武。民间不许私藏兵器，但习武者又要将武术传下去，怎么办呢？在不方便练武时，就把冷兵器转化为拳脚，保留在各个拳种之中。有的武术，外行看不明白：为什么那个架势拉得空当那么大，因为战场上的武士可能是一手持盾牌，一手持着刀，功架当然得大。

中幡走会规矩大

京城香会组织严密，香会凡是过了百年的叫“老会”，不够百年的叫“圣会”，又分“井子里”（城墙以里，西直门外等海淀区北部的部分地区的香会也自称“井子里”）和“井子外”（城墙以外）。中幡是井子里的香会，十三档中的每一档会，都有公认的祖师爷。民间传说，北方真武大帝是玉皇大帝的掌旗官，真武大帝曾在武当山修炼了四十二年，白日飞升，玉帝封他为玄天上帝。中幡会便认了真武大帝为祖师爷，加以供奉。

走香会的由头分成三种：朝拜寺庙、庆祝年节、赈济灾民或社会公益。在旧时的北京，朝拜寺庙是朝拜“三山五顶”，即门头沟的妙峰山、平谷的丫髻山、石景山区的天台山，和东、西、南、北、中五处娘娘庙。全国各地都走会，而北京走会最大的特点，还是“子弟玩艺儿”。即便辛亥革命以后大家都没了进项，还会自己花钱来走，讲究“毫厘不要，茶水不扰”，只为了一个词——玩儿！北京话里的“玩儿”含义深广，任何自娱自乐都能叫“玩儿”。

走会走的是礼仪，正式学习走香会这一套要拜师。会首俗称“老都管”，也叫“把儿头”，都得有钱，懂礼仪，有能力组织张罗。人们之间的问候语，是互道“您虔诚”，或者请人劳驾借光，也说“您虔诚”。

走会要举着中幡去朝顶妙峰山娘娘庙、丫髻山娘娘庙。在行进中，中幡要把标旗摘下来，由人扛着走，等到了演练的地方，再把标旗装上。朝山时谁先登山？按照规矩，中幡会第一，狮子会第二，吵子会第三，杠子会第四。这个规矩怎么来的？中幡相当于庙子会的旗杆，狮子会为庙前石狮，吵子会为寺庙山门的门环，杠子会为门闩。

北京房山、门头沟、丰台等地都有中幡，走会时都要中幡。门头沟千军台、庄户两村每年正月十五、十六下午都要中幡走会，正月十五下午是庄户村向千军台村走会，正月十六下午是千军台村向庄户村走会。

从宫廷到民间

大清倒了，八旗破产了，八旗子弟无以生计。善扑营里的跤手就都去天桥穿上褡裢，下身兜裆滚裤，扎着腿带子，表演每场三局两胜制的摔跤，来卖艺糊口。也有像《茶馆》里所说，去给人家当打手。宫廷里的香会、撂跤和中幡一起，就此都走向了民间。

清代小说集《夜谭随录》写道："京城有三官保，率青年子弟在地安门外关帝庙演练中幡、盘杠子、竖蜻蜓，观者如潮。""三官保"说的是京城撂跤、中幡的名家宝善林。宝善林排行第三，人称"宝三"，曾拜善扑营总教习宛八老爷（宛永顺）为师，在天桥开跤场表演撂跤，顺带着卖"大力丸"。

宝三的把式是又说又练，有"量活"的（相声里捧哏也叫量活），能抖包袱，砸"现卦"。因此，天桥撂跤又称"武相声"，当然这是其他行业人说的，撂跤的自己不这么说。宝三的跤与众不同，别人练的他会练，他会练的别人不一定会练。往往都是别人先出场，他最后出场摔上几跤，观者如云。他的跤场一直持续到 20 世纪 60 年代。

宝三在天桥认识了承传宫廷中幡技艺的王小辫儿。王小辫儿的绝活，是把辫子在脑袋顶上梳个揪儿，把中幡扔起来，幡的竹子筒底正好套在他头顶的揪儿上。他有时练完了要不着钱，宝三就给他帮忙，刚开始是偷学，渐渐地师从王小辫儿，并有了传人陈金权、马贵保、傅顺禄、徐茂等。他把中幡融入摔跤的技法，丰富了中幡的动作，人幡合一。据说有一年走会朝妙峰山，宝三遇到一个临时搭建的、三四米高的彩牌楼，他一把就将中幡扔过了彩牌楼，走过去再接上，功夫了得。

20 世纪 50 年代，北京还保持着撂跤和练中幡的风气，中幡到中南海、人民大会堂都演出过。练中幡虽然难度大，要练武、练摔跤，但成本低，只要买竹子和布，做个简易的中幡就行了，有的甚至干脆绑个高粱秆来练。

20 世纪 80 年代以来，走会风俗渐渐恢复，先后成立了“众友同心中幡盛会”“众人聚义中幡圣会”等。按规矩，新香会成立，要请老少爷们儿来“贺会”——宴请名会的会首，公开表演，并得到认可。在现场，有老会首把挡在中幡上的黄纸揭开，露出会万儿（会名）字样，这叫“开脸儿”。上香要说一套词，叫“叫香”。表演时要“披红”，表演者将会首签字的三尺红绸布披在身上，以告诉四方圣会成立了，从此才能正式走会。

宝三的传人傅顺禄，将中幡传给了儿子傅文友和傅文刚两兄弟。1986 年，首届龙潭湖民间花会大赛上，傅文刚在一张八仙桌上表演了中幡。从王小辫儿那里算第一代的话，至今已到了第五代至第七代传人。甚至在北京郊区，还有了女子中幡（过去走会没有女的），使用的幡比男子的小一些。

从“内八档”到“幡鼓齐动十三档”，京城香会承传数百年延绵不绝；如今在政府扶持下，京城香会仍有不少人在“玩儿”。直至今日，每年四月初一至四月十五，人们还会去妙峰山赶会。

中幡还在，只是如今走会，要把京城十三档香会都凑全，是不容易了。

小吃：做小吃是与人为善

细究老北京小吃的历史文化脉络，会发现以前穷人家负担不起精食细脍，为了果腹创造出不少花样，有些流传下来了，逐渐就演变成特色小吃，又反过来吸引了有头有脸的觅食者。诸如炸咯吱、灌肠之类的下脚料，不干净、不卫生的问题难以根治。但更多时候，小吃代表了一份家传手艺的承传，一种经营者与老主顾之间的情谊，还有对商业化同一化的连锁潮流的抵抗。

当今生活很多时候并不为自己所控，任何一个外力都可以改变你的生活细节，像是被一只无形的大手左右拨弄。唯一能控制的，是下班后去哪吃小吃。每一样小吃都是一个回忆的符号，这些符号是北京这座棋盘上的交叉点，沿着街道吃完一座城，把这座城的温度存于内心，冷暖自知。

街上卖小吃，构成了《清明上河图》

有一首《都门竹枝词》写道：

凉果炸糕聒耳多，吊炉烧饼艾窝窝。

叉子火烧刚买得，又听硬面叫饽饽。

就这样一首竹枝词，写了凉果、炸糕、吊炉烧饼、艾窝窝、叉子火烧和硬面饽饽六种北京小吃。

在北京，卖大件的东西，都是分街区的。磁器口是卖瓷器的、菜市口是卖菜的、前门外大栅栏“八大祥”都是卖布的、珠宝市街是卖珠宝的。买卖都集中在一起，是为了让顾客货比三家，比的是价格和服务，不买也无所谓。饭馆则到处都有，小吃更是街头巷尾常见，推车的、挑担的、摆摊儿的散布四方。要是有门脸，顶多是一间屋，再大就是二荤铺了。

住在胡同里，一早上就能听到吆喝：“哟豆汁哦，麻豆腐哦——”；临近中午，是“切糕——切糕——”；下午四五点钟，是“牛头肉羊肉头，羊肝羊肚羊杂碎”。熏鱼儿、卤鸡、汤面饺子，还有馄饨、水萝卜、杏仁儿茶等，都是走街串巷来卖的。正所谓游商不税，这类引壶卖浆者之流，是从来都不上税的。小吃不是自己家里不能做，是做着忒麻烦。买羊杂碎回家，也难以做出小吃摊儿的味儿，因为若是洗得太干净就没味儿了。在外面吃羊杂、卤煮等，都把牙碜的东西剩下个碗底儿，人们认可它不必洗得太干净，而用调料、蒜等来找补。

晚清时，朝中大员上早朝来不及吃早饭。紫禁城东华门外到处都是小吃摊，再大的“大人”，也得下轿子，坐在马路边上吃面茶、烧饼。这是东华门夜市的由来。而进东华门的时候，守门人钻在被子里露个头，躺在门两边，扭个头向大人们喊一声，以表明敬礼和迎接。

小吃是方便的。北京小吃俗称“碰头食”，走在大街上，看到什么吃什么，现吃现做，立等可取。从做法上分类，有油炸的、烙制的、蒸制的、熬制的，等等。除了流食类，几乎都是块状的，因为要卖着方便、拿着方便、吃着方便，比如煎饼果子。果子是“馃子”的俗写。“馃”指油炸物，在天津、山东、东北一带指油条。油条又叫“油炸鬼”，据说是宋朝人恨秦桧，发明了小吃“油炸桧”，叫白了是油炸鬼。煎饼是夹果子的，而马蹄烧饼也是加果子的，这种吃法已绝迹多年，小时候在地安门小吃店，是听一老太太给我讲的。那老人回忆起老北京的小吃，说得眼睛里直闪光。

小吃不是人们选择的生活方式，而就是生活本身。正是推车的、挑担的、摆摊儿的，贩夫走卒，引壶卖浆者之流，一起构成了《清明上河图》。

小吃是穷人给穷人解馋，但也不分阶层

小吃就是早点、夜宵和不正式的吃饭，或者说它就是吃饭本身。

小吃的原料都不贵，必然卖得便宜。北京小吃一部分是清真传统小吃，一部分是清宫流传出来的，比如萨其马、驴打滚、栗子面小窝头、豌豆黄等，还有奶酪、奶卷、奶干等。更多的是穷

人的吃食，有不少原料都是祭祀时不用的内脏、下脚料，这也背上了“黑暗料理”的恶名，富人是不屑于吃的。但穷人去吃个炒肝儿、卤煮，起码那是肉，能解馋了。

但凡挑着担子卖小吃的，都会从很便宜的地方进货。比如穿胡同卖粳米粥的粥挑子，从作坊去批发。按 20 世纪 50 年代的价格算，五六分钱一锅，非常黏稠，要自己兑水。兑水后走街串巷，卖二分钱一碗，锅多大，碗多大，一锅能卖多少碗，都靠自己掌握。粳米养胃，能帮助消化，家里有病人的很是欢迎。

做小吃是技术活儿，得用心来做。有些看着容易，实则麻烦，火候稍微差点，客人有察觉，立马就卖不动了。比如牛骨髓油茶——就是油炒面。油炒面既是地坛庙会上的小吃，也是家中的早点。近似的还有茶汤、藕粉、杏仁儿茶，都是面状，甜的，用开水沏着喝的。做油炒面有一种“神物”可以代替一切芝麻果料——点心渣儿。点心渣儿是很难得的，是几乎没涨价的物品。20 世纪 60 年代时一块钱一斤，因为不要粮票，一有了就抢。前些年才涨到三块钱一斤，过去多是解饿，现在多是做油炒面。油炒面据说最好用牛骨髓油，但一般就用牛油，再不济可用香油。把油在锅里化开，面粉在锅里干炒到微黄色，炒着炒着，香味便飘出了小厨房，弥散在整个小院子中。这时有七成熟了，倒进去点心渣儿，出锅后找个搪瓷的大盆装进去，每天早上冲的时候来两勺。

庙会上类似油炒面的“冲剂”有很多，招牌多写的是“茶汤李”，实际统一叫茶汤了。冲茶汤的师傅一只手里起码掐着两个碗——有能掐四个碗的，一手拿起来离壶嘴很远的地方，另一手去搬大铜壶，就用热水哗地一砸这个劲儿，把茶汤冲熟了。冲熟的茶汤还要放上红糖、白糖和桂花，这点和腊八粥很像，齁儿甜。都是用一把大个儿的、龙头嘴儿的大铜壶，壶肚子上刻着花纹，壶里烧着滚热的水，各种“冲剂”堆成了小山，白色的是杏仁儿茶，甘甜，浅黄色的是茶汤，是高粱面和糜子面的混合，还会加上炒黄的芝麻、核桃仁以及切碎的金糕条儿与葡萄干，个别的还加上我并不爱吃的青丝红丝。油炒面只是其中的一种，有时油炒面和茶汤，也说不上哪个颜色更深一点，更甜一点。再比如蘸糖葫芦，要洗山里红，抠出籽儿来，穿成串，还要熬冰糖、沾糖，那糖熬得和做拔丝类的菜不是一个火候。都做好了才吆喝着卖，弄不好还赔本赚吆喝。如果家里好几代都做小吃，现在孩子都上大学，确实也不愿让孩子接着卖小吃。

卖小吃，卖的是血汗。很多小吃是早上六点钟开始，卖给上班赶路的当早点，那么五点钟做，四点钟笼火，三点多就得起床。大热天儿的本身就脖子汗流，还得围着火炉、蒸锅团团转。

北京冬天酷寒，天黑得很早，没有南方缤纷的宵夜文化。夜宵的小吃都是推车挑担，穿到胡同里来卖的。一到晚上，都吆喝着“硬面——饽饽哎——”，“馄饨喂——开锅啊——”，“萝卜——赛梨啊——辣了换来！”这是卖心里美萝卜的，无论切成丝撒上醋和糖还是凉拌萝卜皮，都极为爽口。再晚点，还能听到卖夜壶的吆喝声，为人考虑得十分周全，但那吆喝声听起来惨兮兮的。晚上出来做买卖的，得后半夜才能回家睡觉。

小吃得走量，要总有人排队才能赚到点钱。我想起吹糖人儿、画糖画儿的，在冬天的时候，他们挑着担子来吹糖人儿，满面尘灰烟火色，双手都冻得通红。一个糖人儿最早才几分钱，这要如何才能养家糊口？我住的胡同里，曾有个卖烧饼的人家，那家的孩子是个瘪脸的胖墩儿，穿个大背心在家门口待着，眼瞅着他从十二岁起在胡同里烙烧饼，天天瞅见他，一直干到十七八岁，长成一个又高又胖又黑，全身“油脂麻花”（北京话：形容到处是油不干净）的大小子。他的青春都是围着案板和火炉子，在芝麻烧饼、豆馅儿火烧和椒盐螺丝转儿中度过的。

中国历来充满了底层人的上层想象，以及上层人的底层想象。小吃代表着草根和普罗大众，但同样也不分阶层。过去再大的大户人家，早点、夜宵也多是买着吃，府里不可能真支口锅炸油饼，再弄个炉子摊煎饼。少爷小姐们上街吃小吃，也是人生一乐儿。据说道光皇帝想吃某某小吃，膳房的回禀：“膳房没有相应的灶，要皇帝传旨，拨款多少银子成立个部门修个灶，等内府批了才能动工，并专门请相应厨师……”道光说：“能不能上前门外给我买去？”答曰：“关门了。”皇上一叹气：“不吃了！”

是不是吃不起肉的人才吃老北京卤煮？有这个可能性，但不是这个理儿。很多名人都好这口。此外，京剧名伶，从谭富英到裘盛戎，再到文学界的巴金、丁玲，都爱吃爆肚；而梅兰芳最爱喝豆汁儿。京城的炙子烤肉现在成了特色餐馆，但原来就是路边摊儿的小吃。

过去的人也一样会面临一个问题：小吃的卫生。民国时期，如果是坐商的话，同样需要工商执照，也有卫生检查的。摆摊儿的可能就管不了那么多，吃坏了顶多是自己去解决了。1947 年，时任北平市长的何思源曾发布指令，要求凡是学校附近，禁止售卖不卫生的食品饮料。

就小吃自身，也会有一种正常的淘汰。早年间人民生活穷苦，顾不上卫生，有种小吃叫“羊霜肠”。是把羊血灌羊肠子里，煮熟后切成块，浇上羊汤、芝麻酱，撒上香菜等。因为羊油很容易凝结成一层白霜而得名，有的地方也叫“羊双肠”。《天桥杂咏》中的竹枝词云：“纵使荤腥胜苦脏，充饥何必饮灰泥，清贫难得肥甘味，莫笑口生程度低。”这种小吃直至20世纪80年代还有，但随着人民生活水平的提高，普遍被人们认为不卫生，就渐渐淘汰了。

乡情与人情

我家在1951年4月以前，住在南锣鼓巷旁的黑芝麻胡同西口的老宅，而拐个S型弯儿的街坊，就是一家开店卖小吃的回民，姓金。有一次我路过那家店，临时想买吃的，店主是位年近九旬的老爷子。老爷子问我住哪，我就说了老宅的地址。老爷子盯着我看了半天，愣是知道我家的姓氏，原来他在新中国成立后曾给我家送早点，与我祖辈人都认识。屈指算来，老爷子从十几岁开始，做了近八十年的小吃，周围的街坊多是三四代人一大家子，都吃过他做的早点，还知道老爷子的小名儿叫“二镯子”。没过几年，老爷子去世了，小吃店开了一辈子，就关张了。传统做小吃的人，做东西很讲究，做人很厚道，因为大家都有这点讲究。没有了小吃，就少了乡情，更少了人情味儿。

小吃分工细致，卖哪样就是卖哪样，很多小吃如爆肚、艾窝窝等，都是清真小吃，只有回民来卖的。小吃是一家一个味儿，门框胡同卤煮、北新桥卤煮和小肠陈卤煮都不是一个风格。即便是个字号，也都有各自的代表小吃。都是白魁老号，安定门内的那家是豆面丸子汤好吃，宽街那家是烧羊肉不错。而若是地安门小吃店，代表的是素炒疙瘩。因为很多小吃，都是祖传父、父传子的家庭经营，一连数代人，保持了手艺和味道。他们与顾客之间，除了卖家与买家的关系外，还有一种是街里街坊，低头不见抬头见，熟人客情儿的关系。正是这一层的关系，以及流动性不大的北京市民，给他们提供了充足的客源。

过去的人生活都遵照节气，吃什么东西都有“时令”这个词儿管着，能细致到旬。夏天肯定没羊肉，冬天肯定没西瓜。北京人早已习惯于三月三吃豌豆黄，夏天喝豆汁儿——南城还有过“自助餐”式的豆汁店，凉豆汁一块钱一位，用水舀子盛到大碗里，直至喝饱了。入秋以后吃糖炒栗子，而入冬以后，街边肯定有烤白薯。但凡市民，就是有一定恒产，起码有处房子来住的城市居民，日子一到，就会季节性地消费，也保证了卖家的稳定。

在长期的买卖中，经营者和买家之间也多是半熟脸，彼此能有个照应，会在彼此信任的基础上，结成一定的友情。经营者会照顾买家的口味：“给您咸点或淡点？”或者用记账的方式一起结算：“您月底再给吧。”买家也真正成为店里的“照顾主儿”，光临时坐会儿，说上两句闲话，很有些老舍先生的《茶馆》中王掌柜和常四爷、松二爷这些老茶客的关系了。

也有部分小吃的买卖，本身就是游戏。过去有抽签中彩得肥卤鸡的。卖家把有标记的签子都装在一个布套子或竹筒子里，他用手攥着，您来交钱抽签，抽到了就得给一只卤鸡，但一般抽不到。或者是把签子分成黑红两种颜色，您抽十支签，两种颜色的比例相差越大，得的东西越好。要是每种各五支，那就什么奖也没有，这种概率是最高的。此种“挂彩”的形式古已有之，在宋代叫“扑卖”，人们也就当个玩儿，因为花钱少，是否中奖不重要。消费者对卖家有一定的宽容度，也有一份闲钱和闲心，是能接受没中奖白花钱的，就当买彩票了。

卖小吃的，他们丰富了市井，方便了大众，也为自身赚了嚼谷。而小吃本是手工作坊，并不适合开连锁店，不是公私合营的某某小吃店和某某饮食集团的概念。但若是成了饮食集团，商铺房租高涨，小吃也只好跟着涨价。茶碗大的一碗杏仁儿豆腐，卖到八块一碗，已经很贵了。小吃要低价，要保持它的原味，否则就不是小吃，也失去它本身的意义。

引壶卖浆者之流，皆有老北京烟火气。在回忆过去小吃的情景时，也感慨讨生活的不易，以及检讨自己在写作市井风物、平民消费和经济生活的同时，反思北京这座城的体恤之心。

市井：旧京的慈与善

陶渊明说“先师有遗训，忧道不忧贫”。他还说“不戚戚于贫贱，不汲汲于富贵”。可在老北京，当人们面对不义之事、贫穷之苦时，只怕每个人是既忧道，又忧贫。

旧京的穷苦人

北京过去有许多奇葩的职业，比如卖黄土的、卖瞪眼儿肉的、换洋取灯儿的，倒卖果子皮的、二货茶的。

卖黄土的人找个板儿车，到城墙根儿去“上班”——找城墙上没砖的地方，拉一车黄土卖到煤厂里，摇煤球或做蜂窝煤。一天拉两车黄土，起码能有饭吃。卖瞪眼儿肉的，在马路边上架一口大锅，里面筋头巴脑连骨头带肉什么都有，论块卖，不能挑，先吃后数签子结账。买的人都把眼睛瞪得溜圆，好挑一块肉多的。换洋取灯儿的多是妇女，你给她破烂儿，她给你取灯儿，等于变相地收破烂儿，这样她能稍微多赚一点儿。

再有就是卖果子皮的、卖二货茶的。有的人家吃苹果的皮攒多了可以卖给这类小贩，小贩用糖浸了当零食卖。有的人家茶叶只泡一货，再晒干了接着卖。最底层的小贩们就用这各种零散的小玩意儿，三倒腾两倒腾，拼着缝赚出那点儿嚼谷，实在可怜。但这些小玩意儿没成本，起码能赚个仨瓜俩枣的。

此外，北京过去还有卖干劈柴的、卖布头儿的、卖梳头油的、卖草帘子带狗窝的、卖估衣的……这些都是能供穷人吃饭的营生。旧京有白面房子，有最下等的土窑暗娼，街边也有坑蒙拐骗的，也有摆着桌子写着“吃馍当兵”的国民党征兵处——当了兵就给两块钱，不少一无所有的人以“当兵”为生，入了伍找机会就跑，换个地方继续当。

民国时期，各地若有灾荒，人们就会逃荒，河北一带的多会逃到北京的郊区县城，伺机而动，若能运气好则混进北京城里，不行则退守乡里。一些人进了永定门后，有的人家在大路旁搭个简易的棚子，摆个小酒摊儿，卖自制的豆腐丝拌萝卜皮，把小摊位支起来谋生。刚开始往往连荤菜都卖不起（没钱进货），后来会把小酒摊儿做成大酒缸二荤铺，以卖给南来北往赶路的、赶大车的。这样的摊位，好处是没什么摊位费要交。哪怕是小孩儿，也可以挎个篮子去卖半空儿（花生），卖臭豆腐、打粥。而他们平常也吃不饱饭，只能夏天在土堆上拾西瓜皮啃，或者偷别人家院子里的枣儿。

侯宝林、关学曾等老辈的曲艺人，小时候都过的是几近要饭的生活。但他们学了曲艺，在天桥等地撂地演出。演得稍微好些，能进杂耍园子，再好些能进到剧场，最后还能成名成角儿。另有京西的煤矿，普通矿工日工资大约五毛，学徒工则是四毛，一个月若不休息的话，也能挣十几块大洋。好的跑堂的干上二十年，回乡下也能买房子置地。

北京改叫北平后的一段时间，房价、物价都不高，穷苦人的吃肉问题由此改善。北京小吃多价格低廉，便于携带，虽然有刺激性的味道，但不论好吃与否，定能果腹。卤煮、爆肚、羊杂碎等都是动物内脏，但起码是肉；中南海、北海与颐和园等景点，门票都不算高；天桥一带的曲艺表演，多是分时间计价，一刻钟打一次钱，每次打钱不多，也就是几分钱。因此，在旧京，不论穷人富人，都一样吃小吃、逛公园、听曲艺。再穷的人家，逢年过节也会买只猪头来炖。那时猪头可不好买，要提前到肉铺去预订，临了说要肥的，还能提前饶上几张肉皮。把猪头洗干净了，用刀背在顶上剁上几刀，将脑骨剁开（若剁不好，到处都是碎骨头渣子）。添加葱蒜花椒后用大锅把猪头炖到九成熟，再把猪头肉从头顶扒开，直至晾凉了分食，将猪脑另上锅蒸。这几乎是当时北京最底层人的生活了。

旧京挑担子叫卖的人过去是不上税的；而摆摊儿的，都是由他在街面上摆摊儿的地方来管。比如，在一家大药房面前有块地，有一修鞋的、一剃头的、一卖煮面条的。这三家要跟药铺打招呼，药铺伙计可由他们免费剃头、修鞋、拿着面条来白煮。逢年过节，这三家摊位要给药铺送礼物。药铺的还礼若是还得轻，那意思是来年接茬儿干；若是还得比较重（如还了只烧鸡肉食），那意思则是——我们这儿不合适，来年您换地方吧。没有什么地租或税收，一切是以礼物、互利互惠的方式来交易，赔赚计算并不明确，人情、面子、礼仪要远大于利益。

过去天桥一带，大街上游动着卖茶水的人，一手提着茶水瓶子，一手抱着粗瓷大碗，一大枚铜圆两碗。朝阳门外、天桥南边，甚至有几处给乞丐住的客店——火房子，也就是在屋子中间挖个大坑生火，一圈乞丐围着取暖，每天一大枚或几个小子儿。穷人家的女人则去缝穷，一个挨一个坐成长蛇阵，每个人腿上堆满了破铺陈，早上先去粥厂打粥，然后回来缝穷，多是缝袜子底儿。

穷人的生活都在温饱边缘，但还不至于绝望。过去的人觉得，只要是进北京讨生活，不管第一代人多么穷苦，只要是熬过这一代，第二代、第三代就能扎根儿下来，下一代多少不会挨饿，兴许还能读上点儿书。实际上是再过一代，就解放了，读个不收学费、连伙食住宿都免费、只需要自己带个铺盖卷儿的中专师范，多少能有点儿文化，就能翻身了。

胡同里讨生活

都说“北京城东富西贵、南贫北贱”，但此言并非绝对。民国时期，北伐成功后，北京有钱人少了，因为有钱人下台的去了天津，在台上的去了南京。南来北往讨生活的人，不论贫富与阶级，都生活在胡同里。

过去，北京最破的地方还是天桥、先农坛墙根儿一带，比龙须沟还破。那地方每家房子都是擦屁股的砖头盖的一两间小破窝棚，家家挨在一起，两边形成一条条的小“胡同”，没院子一说。房子小到开门就能上炕，讲不到居家布局。在小“胡同”里面，地上堆着各种杂物，窗根儿底下就是臭沟，让人没地方下脚。每次一路过这地方，我就想起相声大师侯宝林在自传里写的事儿。

侯宝林童年时被迫以捡煤核儿、卖报纸、拉水车为生。煤核儿是没烧透的乏煤，中间的芯儿还是黑的，捡早了烫手，晚了就被别人捡走了。捡的时候得眼观六路，耳听八方，既怕被别人抢了，又怕熟人看见。那时候，侯宝林白天撂地卖完艺，晚上睡觉没被子，要向被卧铺租被子。那家租被子的女老板叫马三姐，看他可怜，总是不收他钱。男老板问："给钱了吗？"马三姐就喊："给啦！"唱琴书的关学曾则是卖过臭豆腐，给人家送过门神。送门神是卖门神那张纸码儿，送的时候，说几句吉祥话，以讨得一点儿赏钱。

再比如，老舍笔下的骆驼祥子是乡下失去土地而进城的人，他没手艺，空有一身力气，每个月只挣几块"袁大头"，但也攒钱买下了车，若是运气好，他能在北京赁处像样的房子，把虎妞娶回家过日子。即便他落魄了，也能混个送殡打幡儿的活计不至于饿死。

过去的穷人常有乐呵的时候，可能是因为消息闭塞，不知道富裕的人怎么活着。那时候，最起码是"穷帮穷，富帮富"，穷苦人不会多有文化，但尚能维系着街坊邻里的关系。当然，穷苦人的生活不能美化，他们的工作还是辛苦。人家坐着你站着，人家吃着你看着。但穷苦人是想不到这么多的，想的都是先饱腹再说吧。

但不论有钱没钱，人们都讲礼义廉耻，都一样喝豆汁儿。

旧京的慈善

富贵本无种，尽从勤中来。

人在历史面前是渺小的，三十年河东，三十年河西。北京城少有长久的富贵，也少有长久的贫瘠。也因此，老北京人恪守礼教，家家有佛堂，乐善好施，以善待穷人为荣、赶走穷人为耻。谁家对穷苦人和下人不好，谁家名声就臭了，之后没人爱搭理他家。民国时期，我们家捡了一户逃荒要饭的人家，姓赵，干脆就安排他们在家里位于北京城外洼里村的地头，翻盖几间房子，由他们来种那几亩地，顺手帮忙照应一下祖坟。每年新打下粮食来，他们给我们家里送一次尝尝鲜就行了，再就是家中上坟去时，他们帮帮忙，但是从来没什么“收租子”之说。后来，我家家道中落，而我的叔祖父仍给北平基督教青年会捐了些钱，以表他的慈悲之心，至今还留有捐款的收据。

看《老北京旅行指南》一书，也能看到老北京有众多的慈善组织，有市政公所、京师警察厅等下属的慈善组织，那是由政府拨款；也有带点儿宗教色彩、私人出资筹办的。总名目有第一救济院、第二救济院、慈善五族平民教养院、贫民教养院（分内外城）、社会救济院、极乐万善慈缘总会、龙泉孤儿院、广仁堂、崇善堂等。冬天，慈善机构会开设粥场舍粥，舍棉衣；夏天，舍单衣。先农坛里设有树艺教养所，专门收无业游民，教给他们园艺，以便他们日后谋生。北京有义学，有所市立平民学校，分初小和高小，也是不收一分学费。但凡能坚持到高小毕业就能找到点儿工作，甚至都能去教初小了。那时，甚至还有为盲童设计的启瞽学校。

另外如功德林有流栖所，即穷人的收容所，也会发医药和服装，但一般做不到遣送回原籍。广渠门内有育婴堂。还有陆地慈航，是由牛车拉着，发现死人就运走埋了。各处会有义诊，看病开方子都不收钱，然后自己去拿着方子抓药。北新桥一带的义诊，在现在北新桥二条的报恩寺里，周围人都去看。

而大批富有的老字号为了博得名声，也会大做慈善，顺便也做了广告。同仁堂乐家除了舍药，还会在挖沟的地方点上夜灯，以方便路人。北京饭店也经常举办慈善游艺会或慈善舞会，门票一元到三元。

老北京有几位知名的慈善家。他们不仅掏钱，还做了很多实事。做过总理的熊希龄创办了香山慈幼院，专门培养孤儿。老舍童年时上不起学，是西四著名的刘寿绵刘善人供他上学的。西直门大街一半都是刘善人家的产业，后来他散尽了万贯家财，带着女儿一起出家了，成了宗月大师。老舍的很多小说，都是讲贫困线以下的滑稽和幽默。他笔下的穷苦人是真穷苦，但都真本分，可敬可爱。

如今，但凡读过点儿书的人，已经不易理解什么叫“朱门酒肉臭，路有冻死骨”“兴，百姓苦；亡，百姓苦”了。他们想不到过去的人能去买二手的衣服和鞋子，也没见过大街上冻饿而死，都是一卷芦席埋到义地里的“倒卧”。

北京发生过很多次收编穷苦人的事儿。通惠河南边有条铁路，当年铁路沿线有很多外来劳工，他们把工棚搭建在铁路旁边生活，日久天长，后来被并入铁路系统，以集体户口落户北京了。1948 年前后，北京编订户口，很多人寓居在某户，到新中国成立后上户口的时候，他们就算是那里的人了。

中国走过弯路，人人都穷过，做人不能忘本，不能没有体恤，更不能张嘴“何不食肉糜”，尤其是读书人。

饮馔：北平味儿不只是流动的盛宴

书画界有溥心畬、张大千、黄君璧为“渡海三家”之说，而京派掌故界，我以齐如山、唐鲁孙、夏元瑜为“渡海三家”，其中，谈吃以唐鲁孙最为耀眼。

唐鲁孙做过不少官，退休时是烟厂厂长。可世间并没有一本详细的唐鲁孙传流传，我并不知他具体的生平，只知他六十五岁后才开始笔耕，给“自己规定了一个原则，就是只谈饮食游乐，不及其他”。他将品食阅世全化作十几本书，三分说掌故，七分谈饮馔，却故意隐藏了一生的宦海沉浮。

唐鲁孙有言：“世界上凡是讲究饮馔、精于割烹的国家，溯诸以往必定是拥有高度文化背景的大国。”过去北平饮食之丰富，皆因北平为政治中心，各路军阀走马灯般登场，南北大菜也如流水席般进出。唐鲁孙写北平，主要写滋味，更写北平味儿，明写饮食，暗写读史阅世；谈论饮食，不是为了想着去哪儿打牙祭、当“吃货”，而是为了诉说对社会、对他人的爱。在唐鲁孙等饮食掌故作家的笔下，整座北平城是一场流动的盛宴，但又绝不止于盛宴。

记忆中的北平味儿

收拾东西时，我看到家里旧时的户签是块半尺长、画着白格的蓝漆铁牌子，填着家中的户主和人口。天头上两个字写的是“北平”。

1929年，我家在中南海开过个酒楼，叫爱翠楼，现在只剩下几把刻有“爱翠楼”的铜勺子。我每次看那勺子，仿佛苔丝看到勺子后面的家徽。

民国时期至新中国成立初期，北京遍地是各省各地连带西洋外藩的馆子，1924年开了卖江苏菜和西餐的森隆饭庄，20世纪二三十年代开了经营淮扬菜的玉华台饭庄和淮阳春、经营山东菜的丰泽园，1945年有了大地西餐厅，1953年有了马凯餐厅，1956年更是将上海的美味斋搬到了菜市口，在南城也能吃到响油鳝糊了。

在我小的时候，母亲常带我出去吃饭，至今我都能记得几家不错的馆子，回味几种入口的菜肴。北新桥十字路口东南角有家居德林，原先叫居士林，专营素菜，后来荤素搭配，擅长红扒鹿肉与金钱豆腐，西湖五彩鱼味道的层次感很强；东四十二条森隆饭庄的八宝饭，味儿甜，嵌满了葡萄干，但有一次把香酥鸡腿炸得像个手榴弹；东四过马路有瑞珍厚，焦熘鱼片赛过清蒸皖鱼；全聚德的鸭舌猴头菇，能从猴头菇上的每根“猴毛”中嘬出味儿；宽街白魁老号，屋里烧着羊肉，屋外卖着酱羊蹄；东四砂锅居里炖着酸菜白肉与砂锅鱼皮；鸿宾楼大盘子里举着撒满芝麻的羊肉串；忘了是哪家能做炸鱼肉豆沙卷，雪白的鱼肉裹成卷，里面填上豆沙馅炸，端上来的是个青花瓷碟子，那卷像炸春卷，但比春卷大，鱼肉不咸，很淡，还几乎没有刺……更多的记忆，是鼓楼下一天三过马凯餐厅而不入，专到地安门小吃店吃冒着热气的素炒疙瘩；德胜门内东南角有家卖羊杂汤的会多给羊肝羊肠；宽街白魁老号漂着香菜与芝麻酱的豆面丸子汤；仿膳的栗子面小窝头和豌豆黄；东安市场里红彤彤的广味卤鸡腿，北门那里还有一盘盘撒满雪山般白糖的奶油炸糕……

长大以后，当我走遍大半个中国，想安心回味一下时，却再也找不到儿时尝过的北平味儿了。

过去，北平地处塞北幽燕，只有枣栗之腴，物产并不丰饶，没有海鲜，也不擅做鱼类。过去海鲜多是干的，讲究怎么发海参、鱼翅（当然现在不让吃鱼翅了）；鱼多红烧、侉炖或酱炖，会带土腥味儿，与东北、江南的鱼没法儿比。北平菜擅长抓炒与焦熘，多是抓淀粉或勾芡，卖相差，凉了就凝结成一坨儿。这里多风干燥，不嗜辣椒，每逢冬天，大街上满眼都是冬储大白菜。大白菜一车车几百斤地买回家，菜心凉拌，菜叶醋熘，菜帮儿剁了包包子。

那些八大楼多以山东菜为主，八大菜系也无北平菜，刨去涮肉、烤肉、烤鸭，传说中的满汉全席、清真大菜与各路小吃，干炸丸子、京酱肉丝、地三鲜、烧二冬、爆两样，这便是家常的京味儿了。自家里经常做一点儿清炖羊排、葱爆羊肉、米粉肉、酱豆腐肉、蒸狮子头，还能蒸鸡蛋饺，全在肉上找，好像是在开二荤铺。

百年世事变迁，胡同中不见过去的宅门，四合院里各家分家后都搭小厨房。南方各地下酒多是用鱼虾海鲜，而北京人下酒则用剩花生、毛豆、小咸菜，即便依然讲究形式，要把咸菜切得跟头发丝一样细，仍是咸菜，曾经的那些八大堂、八大楼、八大碗、八大居，剩不下一两家了。

但我想，北平味儿再淡也还是有的，它不仅存在于早上炒肝、中午卤煮、晚上爆肚的臊气中，还存在于涮锅子的腥膻中、烤鸭的油腻中，以及唐鲁孙的书中。

不知如今北京一片月能映照着多少胡同人家，做出唐鲁孙当年的味儿。

唐鲁孙笔下的饮馔京城

唐鲁孙写作，是掌故中带着吃，吃中带着掌故，带着名士知交们的回忆。他的记性真好，几十年前吃的食物、场景都历历在目。读他的书，眼前会浮现清末的人把辫子盘在头顶上，一脚踩着长条凳，把拿筷子的胳膊弯成弧形，一边低头往嘴里使劲儿杵刚熟的炙子烤肉的情景。

唐鲁孙曾念叨，东来顺有道菜叫作“炸假羊尾儿”，我在东来顺中并没有见到。后来我跟着昆曲家张卫东学曲时，常去台基厂的一条龙，看到这道菜居然还活着，就叫炸羊尾儿。端上来是一大炝盘，里面放一个个淡黄色的点缀了青丝红丝的“馒头”——是用鸡蛋白打出泡来，裹上细豆沙和面炸出来的甜品，入口极为鲜嫩。听说最早是裹上羊尾巴油，但因太过油腻而改用豆沙。这菜五个起做，一般是最后上桌，哪怕坐在单间里，众人把酒闲话，或擪笛唱曲，操三弦做戏，菜香味儿中混着昆笛声和水磨调的悠扬；酒酣耳热之际，耳边都传来后厨为这道炸羊尾儿哒哒哒哒的打鸡蛋声。

唐鲁孙曾说，当年北平吃黄河鲤，“网上来的鱼，一定要在清水里养个三两天，把土腥味吐净”，咬春时春饼卷的合菜中的绿豆芽，为了口感要掐去头尾。如今谁还这么做呢？他大讲名士与名菜，他讲扬州大煮干丝的种种名堂、佛教徒的素菜，连带着月饼、元宵，泰国的啤酒、小吃，美国的牡蛎，兼有梨园八卦、军政秘闻。

而能和唐鲁孙产生共鸣的，是他写的果子干。他写的果子干只有杏干、桃脯和柿饼，而现在做果子干一般不用桃脯，会换成山楂，外加切成斜长的藕片。他写秋天新下来的水果与夏日的河鲜儿，写满嘴是油的羊霜肠、甜滋滋的熏鱼、炸面筋、不多见的素咸什、虾酱，写我从小作为早点的糜子面面茶、芝麻烧饼、炸油条，写我最不爱吃的咸菜、大蒜、臭豆腐和最爱吃的奶酪、奶卷、奶饽饽……

北平的滋味不只是一派流动的盛宴

唐鲁孙书中的故事，过去八十年了，而距离母亲带我吃遍东城区的年代，也过去二十多年了。论菜品，北平菜的味儿以儿时的萃华楼为佳，是中通外直，不蔓不枝，其味道中庸，不咸不淡，展现食材本身的味道，那股味道沉稳地往下走，而不是水煮鱼般地冲脑门子。

北平菜不是烈酒，而是香茶。好茶贵在回甘。

北平菜不一定好吃，北平菜可以不好吃，但北平糅合了各地的美味，北平不能没有味儿。

写好美食掌故类的文章，得是出身世家且通经通史的学者，外加能琴棋书画、诗词曲赋兼粉墨登场，幼年吃尽穿绝，老来落魄如张岱者，用大材小用的笔法，方能引人入味儿。这类稿子写起来，有的人堆材料，有的人掉书袋，有如朱家溍者则不屑于写，只是口述，随便聊聊。唐鲁孙不掉书袋也不堆材料，直接堆菜码。他晚年远离家乡后写的这点儿北平梦华录，只谈风月，不谈风云，但他骨子里不是诗家，而是史家，他如此之细致、反复地写北平的吃食，乃至扩大到全国的吃食和北平往事，只仿佛要将他平生阅历以春秋笔法留予后人，从那北平梦华的年代里，力透纸背地带来点儿旧滋味。

唐鲁孙写过的旧王孙溥心畬，留下了十七首岔曲，我喜欢其中一曲《菜根长》：

> 酸辣鱼汤，红焖肥肠。半斤的螃蟹，高醋鲜姜。烧卖是脂油拌韭黄。【过板】糟煨鸽蛋，蒸熊掌，雪白官燕把【卧牛】鸡汤放。寄言纨绔与膏粱，繁华转眼变沧桑。山家风味真堪赏，鸡豚不似菜根长。

唱罢溥心畬的曲，读罢唐鲁孙的文，你会悟到生当做弘一法师，二十岁前吃遍人间花酒，中年时求尽学问艺术，晚年出世以求得生命境界。翻回头来再品北平的滋味，不只是一派流动的盛宴，更融入那“繁华转眼变沧桑”中了吧。

不写了，蒸我的狮子头去吧。

字号：北京梦华录

想当年，北京城里东单、西四、鼓楼前、前门、王府井、大栅栏，外加天桥、菜市口、花儿市，更有那一条条的旧货街、皮货街、绣花街、木器街、干鲜果子街、玉器街、灯笼街、图书文化街……那么多鳞次栉比的老字号，能排列出一部北京版《东京梦华录》。沿着街捋，挨着家逛，吃吧，买吧，玩吧，可着劲儿地逛吧……似乎一辈子也逛不尽哪！

北京的老字号

若论中国的老字号，足有上千家，然而盈利的不过十之二三。后来，仿佛是一夕之间，老字号就如风般地退场了。如今，只有个别厌恶快餐并怀抱旧式光阴的人，才想着这一天是什么场合，要到哪个馆子点哪个菜，比如想着逢年过节，给亲戚提拉一份稻香村的点心匣子。但在穿衣上，也绝少再有去瑞蚨祥、谦祥益买布现做的，也不在家穿千层底，冬天也没人穿毛窝（棉鞋）；不舒服了去医院，而不是去同仁堂找坐堂大夫；能用资生堂，就不用蛤蜊油、雪花膏……西洋字号逐渐代替了中华字号，这不禁让人想起老舍的《茶馆》里常四爷的话："咱们一个人身上有多少洋玩意儿啊！老刘，就看你身上吧：洋鼻烟，洋表，洋鞋大衫，洋布裤褂……"

我对老字号是留恋的，不论是逛老街还是看老照片，我都喜欢看那些字号，看字号上的幌子和广告语。

每种行业都有个幌子，幌子也叫招幌。《清明上河图》里就有幌子。民国时期有个洋摄影家叫甘博，他狠狠地拍了一通前门大街，能从中看到许多老式幌子。后来我见到街面上保存的老式幌子，则是在河南安阳老城区，一家过去的药铺，现在已成民居。

北京老字号现有的幌子基本照旧，理发馆是用圆筒的三色转灯，东来顺还是用火锅，而茶叶铺吴裕泰立了个抹茶冰激凌道具当幌子。

过去，每种行业都有广告语。那种用词不上书本，只相当于民间俗语，典雅、内敛，模拟对联或四六句，化自古人的思维方式。现代人能模拟文言，但难模仿过去字号的习惯用语。那些广告语连带字号名都是用书法字体雕刻在砖石上的，其中不乏民国时期书法家的手笔。旧京有位书法家叫张伯英，前门外的字号，大半出自他手。而天津的字号，则多出自华世奎之手。

各行广告语和字号，都有自己的写法。

比如一家药铺，在一间门面的上部有女儿墙，从右往左分别是：

自办各省，地道药材，照 × 批发

下一排，右起是“泉香桥井”，左起是“春满杏林”，中间是字号：“同 × 堂。”（中间的字看不清）。

又有一家杂货店，上下联分别为：

各种槟榔加工改造适口精良

奇品名烟批发各省与众不同

横批：“槟榔 × 批发。”

有一家叫福兴居的饭馆，来得干净利落：

福兴居饭庄包办南北酒席内设旅馆

其中“饭”字写的是“飰”，用了个很少见的异体字。

兴华园浴池的对联为：

难比趵突敢比趵突

不是华清胜是华清

中间横批：“洁净盆塘。”

如今，很多字号和广告词都不见了。当一个字号手艺不是原来的、经营不是原来的、氛围更不是原来的之时，那也无从谈承传了。

老字号的故事

自家称呼自家的字号，习惯叫“柜上”。我想起很多柜上的故事，其中也有些其他字号的故事。

一年夏天我去过一趟福建，确切说去的是闽西，那里有个地方叫永定，特色建筑是土楼。从土楼群中钻出来，我们来到一个小村，村里的文物叫虎豹别墅，是胡文虎、胡文豹家族的产业。

胡文虎这个人，是与陈嘉庚并称的大慈善家，听名字就很江湖气。他出身江湖郎中家庭，文化水平不高，却混迹江湖，仗义疏财。他有个残疾兄弟叫胡文豹，兄弟感情颇深，他一直照顾兄弟，一向是虎豹并称。他开创的品牌是万金油、八卦丹等，在民国时期畅销一时，什么都治。“万金油”成了一个词，现在还在使用。他们1920年就进军新闻业，在南洋一带有四十家报纸，缅甸的《仰光日报》、香港的《星岛日报》等，都是胡家的产业。

论规模，当时北京没几个字号能与之匹敌。但多少年后，胡家的产业传到女儿胡仙手里，破产了。

胡家1949年后下了南洋。中国的万金油渐渐被清凉油代替，新产品开发得不够好，卖万金油还能衍生出什么东西呢？顶多是跌打损伤膏。报业经营得不顺，倒也还上了市。倒霉的是，20世纪80年代胡家搞了房地产，1997年又经历了亚洲金融危机，这是个很惨的故事。

同样是医药，还有个相对小成、一时爆款的东西：北京长春堂的避瘟散。

民国时期，日本的祛暑药仁丹一时流行。仁丹的包装上是个留着日本胡子的男人（有个词叫“仁丹胡”）。那正是人们在心里抵制日货但表面上不得不用的阶段。北京长春堂的老板孙崇善（人称“孙老道”）抓住时机，顶着仁丹发明了避瘟散。避瘟散的包装上画的是个打坐的年长道士，孙老道本身也是火居道士。避瘟散本着能治闹过一时的虎烈拉（霍乱），也本着民族情绪，这产品在民国时期风行一时，后来便完成使命，退出舞台了。

发家的字号各有各的不同，但败家的字号大多相似，多是因为家庭内部纷争，出了败家子，也有遭遇战乱、供应链的断绝或资金短缺的，一言以蔽之，经营不善罢了。

但字号败亡，有隐藏的原因。

老字号的败亡

老字号的制度与现在的不一样，是伙东制和学徒制的混合体，浸透了中国家庭伦理。

伙东制是东家出钱请一位掌柜的，也便是现在的职业经理人和 CEO。旧京山西人善于经营，东家多是请他们来做掌柜。这制度讲的是规矩、人情和伦理，没有严格的考察。这就等于一家企业里没有董事会和监事会，没有对所有人的量化考核与监督，也没分清大掌柜与东家——CEO 和股东——的职权关系。东家没分家时，整个大家庭都靠这桩买卖来吃饭，全家的钱便是柜上的钱。干活儿分钱时，便不易区分，这是传统的大锅饭，很容易滋养败家子，更有扯不干净的近亲繁殖和家族矛盾。

旧式的字号不介意任人唯亲，都是自家的买卖，肯定要首先选用亲友，用信得过的人，雇伙计也要找铺保。一家字号经营的成败，一半以上倒要看这家几房之间的关系。企业与家族不分，事业与家庭不分，事业败亡了，家族也跟着分崩离析。

另一个制度是学徒制。学徒在字号里干活儿，用不着上学，多是从十几岁跟着，学徒三年，三年中学成手艺便出徒，但多是留在柜上继续当伙计，一直干到老。这样二十年下来，即便是个伙计，也能在乡下买房子置地了。

作为一家字号的伙计，在过去并不容易。我的祖父念了几年私塾，十二岁起，在前门外的鼎仁当铺（这个字号得自家里的说法，并未考证）学徒三年，学成了便回来干自家的买卖，跟着曾祖父学习照相。他问家里人：为什么去当铺？答曰：当铺里吃得好，不挨打，条件在各种铺子中算好的。

伙计肯定会为字号服务一生（也不会干别的），但学徒的时候，多是受难受气，伺候师傅一家，受尽委屈。老舍的《我这一辈子》里，当巡警的主人公是裱糊匠学徒出身，开头几章写尽了学徒之苦："能挺过这么三年，顶倔强的人也得软了，顶软和的人也得羸了……一个学徒的脾气不是天生带来的，而是被板子打出来的……"但对东家而言，徒弟太老实太笨的话，做事不灵光，太聪明的话，肯定会干活儿偷手，保不齐就卷铺盖跳槽，所以制度森严也在所难免。

落后的经营方法会弄得土不土、洋不洋，新派和老派都不待见，难以迎合年轻人，也无法融入生活。这或许是老字号衰落的根儿上的原因。

再者，原先的老字号的消费群体很稳定，稳定到能不用现金，多是在年中、年关时才结账，体现的是品牌忠诚度。熟识的买卖人，谈事多是君子协定，不必签合同，完全靠口头，一说就这么定了，就这么执行，现代社会则不一样。过去是人情社会，是一个道德社会，现代是契约社会。契约可以撕毁，但道德与人情不能违背，就像中国的礼教。

老字号最终面对的是社会的变化和消费者的变化。以前阿胶是有钱人用的，而现在普通人也用得起。过去人活得好好的不会送人参，都是人落了炕快不行了，送上人参熬汤，再硬撑一段；不像现在，有了西洋参，没事嘴里含着。过去没有炼乳和巧克力，生孩子的妇人为了补营养才用阿胶。如今北京的字号，除了同仁堂和稻香村等为数不多的几家，几乎都退化了。

中国的老字号绝不是产品不如人，而是经营理念、企业文化赶不上时代变迁。国货不重包装，更不重审美，这是一大败笔，要知道，普通人买个拿得出手的东西，不是为了自己，多是为了装点给别人看的，更多是为了送礼，或为了情侣之间的点缀。马应龙是研制药膏的，做的眼药和痔疮药都极为好用，它的产品被美国人奉为圣物。单从这一点，就知道中国字号能卖，重要的是看我们怎样经营。

过去北京人的生活是与字号绑在一起的。北京人习惯请客或收徒弟去鸿宾楼；做买卖开张去东兴楼；考试中了去泰丰楼（在南方可去状元楼）；而有好事了，去致美斋；纯属聚会雅集，到同春园或同和居……去哪个饭馆、请谁、吃什么，与人的生活绑在一起。“头顶马聚源（帽子），脚踩内联升（鞋），身穿八大祥（八家大绸缎庄），腰缠四大恒（指四家银号的银票）。”过去的生活，不能不用老字号。

我们侯家经营过三家字号——德容、爱翠楼、松竹林，一个照相馆、两家酒楼，又在一些字号里有点儿股份。可不到一年，伯祖父和曾祖父先后宾天，家里没多久就卖了三进的小院，从南锣鼓巷的黑芝麻胡同搬到我现在居住的北新桥。原因是欠的债还不上，家里没人挑大梁。这三家字号起码干了四十年。现在，我总是在脑补祖父、曾祖父、叔伯祖父们如何辛苦地管事，他们上上下下地忙碌着，而伙计们最后都跑光了。我一度日日夜夜地想，为什么我家的字号没了。

我想念家中的字号，我并不知怎么弄得兴旺，但知道它们是怎么败亡的。真希望每家字号都前途光明！

水乡：北京变形记

不曾想到，北京曾是一座水乡。明清时期，寄居北京的南方士大夫们正写着北京似江南的诗句，李东阳、文徵明、公安袁氏兄弟、查慎行都写过。明朝嘉靖四年（公元 1525 年），文徵明到北京的西山旅行，写了《游西山诗十二首》，最末一首为《暮沿湖堤而归》：

春湖落日水拖蓝，天影楼台上下涵。
十里青山行画里，双飞白鸟似江南。
思家忽动扁舟兴，顾影深怀短绶惭。
不尽平生淹恋意，绿阴深处更停骖。

文徵明的日子过得并不爽，他在北京时已经五十四岁，只能写写诗文寄托一下情感。袁氏兄弟的状况比他要好一些，袁中道写了首《德胜门净业寺看水》：

南人得水便忘忧，两日三番水际游。

花露沾衣浓似雨，潭风著面冷如秋。
拖莎带荇流何急？掷雁抛凫浪未休。
天外画桥桥上柳，只疑身在望湖楼。

净业寺位于西顺城街，西顺城街是东绦胡同、中绦胡同、西绦胡同与城墙之间的一条斜街，如今这里看不到水，只能看到拥堵的二环路，远没有袁中道那种看出望湖楼的感觉了。

北京地名儿的前世

北京的任何地名都是有来头的，叫什么名，原来那里就是干什么的。

过去叫河沿儿的，那里就是河的边沿。不能直接看出旧日样貌的是经过了雅化，比如过去有一条臭水河，叫臭水河胡同不好听，就改名叫受水河胡同。北城的地名，像水簸箕胡同、一溜河沿、东不压桥等，过去都是水域。又如南城的胡同，潘家胡同（最早叫潘家河沿儿）、韩家胡同（原名韩家潭，八大胡同之一），过去也都是水域。新帘子胡同、旧帘子胡同也是如此，在菜市口一带，以前叫新、旧莲子胡同。天安门周围的南池子、北池子、菖蒲河沿儿，都叫池子了，还能没水吗？至于那些毛家湾、苇子坑、芦苇园、金鱼池、东坝等，则更是遍地泽区了。

还有很多地名与井有关，自来水厂是1908年才有的，在那之前人们是打井吃水的，往地下挖一米多就能见水。王府井是井，大甜水井、三眼井、沙井都是井。三眼井胡同，就是因为胡同中有三眼井，可以由三个人同时打水。东直门外有口井，据说总是满的，所以叫满井。明朝万历二十七年（公元1599年），袁宏道去那里玩了一圈，写了篇《满井游记》，写现今的东直门外使馆区到工人体育场三里屯，这一带当时是“高柳夹堤，土膏微润，一望空阔，若脱笼之鹄。于时冰皮始解，波色乍明，鳞浪层层，清澈见底，晶晶然如镜之新开而冷光之乍出于匣也”。

北京的湖更多，紫竹院有湖，龙潭湖是湖，陶然亭有湖，大的莲花池也是湖。潭也是到处都有，积水潭、黑龙潭、玉渊潭（以前叫八一湖）。淀也是不少的，海淀、金盏淀、高桥淀、清淀、洄淀，等等。

这些地名当年都属于水系。历代的权贵富户争相在城里建筑私家园林，而那些园林多是引用城中的活水。直到清代，皇家才禁止引活水进入私宅，和珅家花园引水便成为他的一大罪状。

北京是一座建在水上的城市，曾经赢得“塞外江南”的美称。

管大片的水域叫海子，这是辽金以来流传下来的称呼。

北京城的正中心有六片水域，即北海、中海、南海、后海、前海与西海，这是城里最为主要的水域。其中北海、中海、南海叫西苑三海，从金章宗开始就打造皇家园林，经历代修建，在清代达到鼎盛。现在北海是公园，里面有金人从宋代开封的宫苑艮岳移来的太湖石，那宋徽宗曾经玩赏过的园林一直流传至清代。中海和南海并称中南海，后海和前海并称什刹海，西海的位置相当于积水潭，和古代相比，积水潭的面积已大大缩水。那里是元代郭守敬营造过的漕运码头，南方的漕粮通过2700多公里的京杭大运河来到积水潭，先进入粮仓，再走进千家万户。

最先在北京建都的是春秋时期的燕国，当时其都城叫蓟城，统称为燕都或燕京。在随后的一千多年里，北京一直处于战乱与休养生息并存的状态。这里和历代的都城一样，是消费型的城市。周边种植的水稻和小麦无法满足当地人的生存所需，得从南方运粮。隋唐大运河贯通后，北京才算有了较为充裕的嚼谷。大运河起点在杭州，经过洛阳，终点在北京通州。等到了元代，京杭大运河贯通后，从杭州出发，不经洛阳，直接通往北京，全长 1747 公里，比隋唐大运河缩短了 900 多公里。而来自南方的粮船可以沿着元世祖忽必烈命名的通惠河从通州运到积水潭，随后粮食被运到北京的各大粮仓之中，最终走入千家万户。元代兴建大都也是看中了交通便利这一点。这段河道的落差不是很大，而郭守敬在这段水道上修建了 7 座水闸，通过控制水闸和斗门的关闭与开放调节运河各段的水位高低，引导船舶顺畅通过。当年漕运兴盛的时候，“万帆争渡”“舳舻蔽水”，浩浩荡荡，场面十分壮观。

到了明代，南方来的船没法儿开到积水潭了，都是开到东便门以外。北方是有冰冻期的，漕运都是从五月份运到九月份，还形成了相当规模的漕运文化。清代乾隆年间有一幅《潞河督运图》，反映的就是漕运的场景。到了民国时期，漕粮全征折色，漕运才被废除。

除了通惠河，金水河也是北京城里的重要河流。《日下旧闻考》称：“护城河西面之水，自紫禁城西南隅流经天安门外金水桥，往南注入，是为外金水河。”元代金水河从西直门南水关入京城，到甘石桥又折向北，再向东流，从西步粮桥入太液池（今北海）。到了明代，金水河改道，东流经高梁桥，分为两支：一支注入护城河，另一支流经积水潭、什刹海、北海，再往南直至穿过天安门前的金水桥，流至通惠河。整条赵登禹路、大半段太平桥大街，绕过齐白石故居向东，整条辟才胡同、灵境胡同，再穿过府右街到中海，这条路线在元朝都是河道，不是街道。明代的北京城比元代的大都往南移动了几公里，仍旧利用了元代的金水河，并在河上修了金水桥。因此赵登禹路在明朝还叫作大明壕，到了清代叫西河沿，是防洪的排水沟防，1921 年才开始修成道路，叫北沟沿，直到抗战胜利后才更名赵登禹路。

不仅北京城里有水，城外更是环绕着永定河、拒马河、温榆河、潮白河和沟河五大水系。通惠河通州河段河边上有燃灯佛舍利塔。“一支塔影认通州”，是清代诗人王维珍乘船至通州时所作的诗句。最早记录北京地区的图片资料之一就是英法联军随军摄影记者于 1860 年拍的燃灯佛舍利塔。那时候北京的整座城，一半是鲜花，一半是绿树。护城河边上经常见到骆驼喝水。往北说，海淀圆明园里面有一片未开放区，在英法联军烧完圆明园后一直没开放，前几年开放了。在开放以前，那里完全是荒凉的山水之景。往南说到大兴，乾隆皇帝到南海子行猎时，团河行宫里面也是有水的。北京城里水域多得写不过来，单单以海淀为例即可看出：

海淀的河：万泉河、肖家河、清河、北安河、金沟河、永丰西河、西北旺东河、紫金长河、高粱河、小月河、南沙河、北沙河、莲花河、昆玉河、南长河、北长河、北玉河等。

海淀的湖：昆明湖、玉渊潭（八一湖）、稻香湖等。

海淀的泉：灵泉、卓锡泉、金山泉、温泉、冷泉、玉泉等。

船坞：南坞、中坞、北坞、太舟坞等。

……

海淀区，一半是山，一半是平原。过了颐和园有一条路，即346路公交车走的线路，一直往西北方向山里面行去，有一站叫温泉，温泉南面有一站叫冷泉，过去都是有泉水、能疗养的地方。传说天下最好的泉水是玉泉山的水，乾隆皇帝给这里题词叫“天下第一泉”，古代建有华严寺和静明园，一共有五座古塔，民国时期开设了玉泉山汽水公司，同样也是郊游胜地，现在不向民众开放。古代都是把玉泉山的水装进水车，插上龙旗，一直从玉泉山经西直门运到宫里，所以西直门也叫水门。过去卖酸梅汤的小贩，吆喝声都是：“玉泉山的水来，东直门的冰，喝得嘴里凉了嗖嗖。给的又多来。汤儿好喝呀——”

只怕是如今，从通州到海淀都没有那么多的水了，也没有那种古法美味的酸梅汤了。

北京曾经是水乡

北京的水是怎么来的？那还真是源自天然，远古时期这里是片海，是北京湾，慢慢地，海水退了，陆地出现了。人们看中了这片水才在这里建城的，如果这里没有水，人们就不会在这里建城，也就不会有北京了。

北京的北面、西面是燕山山脉，是山；南面和东南面是一望无际的平原，如果画张图把这几面与北京城连起来的话，那北京城看起来真是个好地方。

中国历代古都都要背山面水，符合古典风水学的标准。长安是八水绕长安，渭、泾、沣、涝、潏、滈、浐、灞八条河流，因此有“八水皇都王气长”之说；洛阳是五条水穿城而过，北面是苍茫的北邙山。“北邙山头少闲土，尽是洛阳人旧墓。”可想当年的繁荣。杭州北面有孤山，南面有西湖；开封也是五水穿城过，貌似没有什么山脉，宋徽宗不惜人力财力堆积艮岳，以保证皇家风范的长久，倒是因花石纲的巨大花费闹得人怨沸腾，这也是北宋灭亡的原因之一。

北京是五大水系绕城而过，北面是连绵起伏的燕山，即阴山山脉的支系，西面是太行山的余脉。今天的昌平、海淀、门头沟的部分地区都是山区。正是这些山水，滋养着北京的皇气，也成了北京被定为都城的原因之一。

而这五条水系连接着整个北京内外城的水系。也就是说，北京的水都是活水。夸张点儿说，在什刹海放盏莲花灯，在通惠河都能捞到。历朝历代，都在不断加强对北京水利的建设，哪里的河道断了，就把它修好。甚至可以说，北京是水乡，曾经水多得经常发大水。看《明实录·北京史料》，经常见到“前三门外水无归宿……水顺城门而出，深则埋轮，浅亦及于马腹，岌岌可危”“家家存水，墙倒屋塌，道路因以阻滞，小民无所栖止，肩挑冒雨觅食维艰”“外城之永定、左安、右安各门，雨水灌注不能启闭，行旅断绝，一切食物不能进城”。“广安门、右安门外一带，平地水深丈许，一片汪洋，居民露宿屋顶树巅，呼号求救”，“南西门、永定门外数十村庄被水淹……非用舟船无从拯救，一时造办不及”。

然而，北京的水日渐稀少。水到哪里去了？表面上看，都被填了。民国时期以来，北京多处沟壑湖河填平了。民国时期填平了赵登禹路、东不压桥，1952 年填平了龙须沟，1958 年填了大明沟，前后还填了柳荫街，1988 年填平了太平湖，而李广桥、白石桥、甘石桥、大通桥等也都随着路面的不断增高而被埋起来或拆掉了，如今北京的路面比民国时期平均垫高了将近一米。人口的增长、地下水的过度开发、不合理的工业建设，使得北京已经不像过去那样往地下挖一米多就见地下水了，如今不知道挖多少米才能见水了。

如今北京的湖河面积大大缩小

北京的湖河也不是一天填平的。就像前文所述的金水河故道、赵登禹路的变迁一样，往往前朝两岸杨柳依依的河流到下一朝代就成了布满泥洼的小河沟，再过一朝成了臭烘烘的排水沟，接着变成暗沟，然后被填平，变成了胡同、街道，两边修起窝棚似的房屋。这就是北京城有深宅大院也有破烂之所的原因之一。

植被是保持水土最好的方式。作为一座消费型城市，北京必需发达的水运交通；而为了维持水乡的风貌，周边必有丰富的原始森林。北京古代是有成片森林的。燕国时期这里的土特产是栗子与枣，《史记》《汉书》都记载，这里有“枣栗之饶”，如今的密云、怀柔还是枣和栗子的重要产地。那时的人只吃枣和栗子就可以活命。而北京城的西边和北边都是一望无际的原始森林。到了汉代，虽然王公们要用黄肠题凑的方式来安葬，建造一座汉墓就等于砍伐一片树林，但他们还是建造得起的，不会对山林造成大的破坏。那时的北京山林茂密，人烟稀少，大片的荒地无人耕种。之后的魏晋南北朝十六国时期，北京这片属于北魏，北魏分裂成东魏和西魏，东魏归了北齐，西魏归了北周，常年的征战使得这一地区的百姓纷纷逃往他乡。北魏时期的郦道元在《水经注》中写到居庸关一带的风景，是“山岫层深，侧道褊狭，林鄣邃险，路才容轨。晓禽暮兽，寒鸣相和，羁官游子，聆之者莫不伤思矣”。

到了唐代，北京还是“燕山雪花大如席，片片吹落轩辕台。幽州思妇十二月，停歌罢笑双蛾摧”，仍是塞北苦寒之地。这时对于森林的砍伐倒是出于一个不起眼的原因：隋唐以来，佛教兴盛，兴建了众多的大型寺庙，唐太宗征高丽失败后为了纪念阵亡的将士，在北京南城修建了悯忠寺，即法源寺的前身；在房山修建了智泉寺（今云居寺）并开始雕刻石经；等等。而唐代的安史之乱，使得北方大量人口逃向南方，整个北方经济都随之衰落。唐末石敬瑭造反，向辽国献了燕云十六州，从此北京成了“春渔于湖”“秋猎于山”的地方。辽代的北京人春天要到通州区的大湖里去打鱼，秋天到海淀区西山山林里去打猎，打猎回来就可劲儿地吃，从兔子一直吃到熊，绝不放过一种野味。这就是南院大王萧峰的生活，何尝不让人神往！

而从金、元、明三代开始，北京的森林就开始遭到破坏。这些朝代分别建造了金中都、元大都、明北京城，金代还把历代皇帝的陵墓搬到了房山。等到了清代，北京城找不到巨型的树木盖皇陵和宫殿，不是从南方运来木料，就是拆改明代的。道光皇帝的陵墓用的金丝楠木也是木材拼成的，不可能找到整根的。

除了森林，北京城的地下水也是采一点儿少一点儿，地上河填一段少一段。从明清时期开始，北京的常住人口越来越多，交通运输不再完全依赖运河，而是渐渐依靠人力。自元代起，北京城的广袤水域开始大面积缩减，如今北京地面上的湖河面积大大缩小。

为什么北京变成了这样？

民国时期的学者张竞生曾经主张，乡村要城市化，而城市要乡村化。“乡村中只要在交通上、娱乐上、知识上组织成城市，但住居不但不要城市化，而最重要的是使它成为‘大自然化’。”他怕过度的城市化会毁掉乡村原有的自然环境和淳朴的民风。而城市乡村化这个观念极为超前，现在已经得到了应验。城市中不能有太多的人口，反而要有大量的绿化，这样使得人们居住在城中却能看到“竹篱茅舍风光好”的乡村之景。照这样建设城市不费劲，但不知要有钱到什么程度的人才享受得起。这个理论，正是自古以来北京的建设原则。很少有城市像北京这样，在城中有一大片水域。这片水域在民国时期还很荒芜，现在什刹海体校的位置曾是恭王府的稻田，王府里自己种稻子吃，北海琼华岛的山上也尽显一片山野之气。但凡有钱人家，家里都有花园，普通人家也是养花种草。

正所谓园林中的“十年造园，千年养园”一样，对一座城市，我们得先养着它，然后它才能养着我们。从先秦一直到辽金，人们一直养着北京；元、明、清以后，北京才能养着人们，这才有了当时世界的中心“汗八里”——元大都。城市是这样，你怎么伺候它，它就怎么伺候你，这跟养鸟是同一个道理。

近百年以来，我们一直向北京索取，而没有给它任何的喘息，还把城墙拆了，河道改了，不仅吃它用它，连吃带拿，还把它的皮扒了，骨头敲了，连骨髓都要吸干净，这也是我们对不住北京城的地方吧。

舌尖：食与情思

古镇上的粉蒸肉

去安徽的三河古镇采风，那真是一处舌尖上的水乡，无景不美，无菜不香。若是夜晚乘船，则是鲁迅的《社戏》；如果下雨，可比戴望舒的《雨巷》。夜晚，整个古镇都成了美食街。焦酥软糯的三河米饺、肉质细腻的臭鳜鱼，连带当地的茶干、豆腐脑、甘蔗汁、酱鸭子……都十分新鲜。就在那满大桌的肉山酒海中，我注意到竹蒸笼上的几片三河粉蒸肉，倒显得有几分清雅了。

只要有猪的地方就有粉蒸肉（也叫米粉肉），南甜北咸，东辣西酸，做法、口味不尽相同。

童年时，每到逢年过节，奶奶佝偻着腰，母亲挽着袖子，在案板上嘎吱嘎吱地擀米粉。先选用机米（机器碾出的米，较粗糙）在水里泡一天，捞出来放在案板上晾到八成干，这样米就软了。用擀面杖擀得渣渣碎，越细腻越好，能见到母亲的手擀得通红。再后来，我举着硕大的擀面杖，也开始了擀米粉的生涯，擀碎后下锅炒至发黄备用。而另一边，大海碗里已经腌上肉了。带皮五花肉切长方条，像一块块带花纹的橡皮，煨上葱姜、香油、桂皮、肉蔻、大料（八角）、酱油、白糖、小茴香……怎么也得煨上半天，总之不放辣椒。米粉与肉和成一盆后，需要下手抓拌，放料酒、豆豉或甜面酱，以不稀不干、肉能攥成团时为佳。有一次，奶奶居然用筷子蘸蘸腌制的生肉，放回嘴里尝尝调味如何。我当即忍不住喊："奶奶，那是生的。"奶奶说："一会儿就熟啦。"她把大海碗里的肉和米粉按五五分成捋平，放在大笼屉里上锅开蒸，出锅后是咸甜口，不辣也不麻，这是老北京的米粉肉，只能家里做，外面买的不是味儿。

成年后吃遍四方，东北的米粉肉习惯放酱或酱豆腐，黑乎乎一片，非常下饭；湖南的粉蒸肉是小笼小块，呈杏黄色，拌上青红辣椒碎，奇辣无比；江西的粉蒸肉下面衬着白薯或南瓜，足以吸油，更是透着骨的辣。味道最综合的还是安徽三河古镇的粉蒸肉，米粉与肉的比例，似乎连三七开都不到，就用肉裹了一层米粉，味道复合感最强，但又各不极端，五方杂陈之地，集各大菜系之大成。

三河古镇这种肉裹米粉上锅蒸的吃法，若腌好以后在太阳下晒一两天再上锅蒸，更是劲道，当地也叫渣肉，赞之为"淮军大渣肉"，这是李中堂治淮军时的吃食，如今被小商贩做熟后摆路边摊，装放在大口袋里，35 到 45 块钱一斤，颜色有些发黑。拿起来咬上一口，味道咸香，肥而不腻，瘦而不柴，真是随军的好干粮。

粉蒸肉或米粉肉本是“八大碗”之一，过去红白喜事开筵席、上供时，都有米粉肉、狮子头、蒸鱼块、酱肘子、扣肉、排骨一类的肴馔。吃席哪能真吃呢？都是为了礼法，先供祖先与神佛，人是分享神余（上供后撤下来的供品）。穿长衫有身份的人只是象征性比画一下，对整鸡、整鱼都不动筷子，更不会抢着“我要坐小孩儿那桌”。米粉肉是可以回锅的，流水的客人来了，这一桌的残席撤下，回回锅再上下一桌，每一次还能蒸出油来，照样喷香，可做年菜，也可挑着食盒沿街叫卖。吃米粉肉的规矩，是不能从蒸盆蒸碗里直接拿筷子挖，不然老辈人看见就说：“你们跟这儿掏大粪呢？没样子。”要拿个大炝盘，把肉扣过来。若像南方那样做小笼粉蒸肉、荷叶粉蒸肉，蒸出的水汽不会倒流，令人饱食鸡豚之美。

一块粉蒸肉，令我想起童年时奶奶做的米粉肉，更想起湘淮之间的往事。如今传统的大家庭已经垂垂老矣，我再去嘎吱嘎吱地擀米粉，又做给谁吃呢？只好随手买一袋做粉蒸肉的三河面渣带回去，即便不做饭，也寄托些旧时的情思吧。

粽子往事

每逢端午节，闻到大街上的粽子香，我就不禁想起了有关粽子的往事。

据说当年端午日，人们划着龙舟来打捞屈原的遗体，而为了不让遗体被江里的鱼虾损坏，要用粮食来喂饱江中的鱼虾。但粮食到了江中就散落了，于是有人想出办法，就用苇叶把糯米包了，煮熟后整个地投下去，以求得上天能给屈原以全尸。久而久之，这变成了端午节要赛龙舟、吃粽子，祭祀屈原了。古人的想法是多么朴实，而粽子的意味又是多么深长。粽子就像钓鱼，钓胜于鱼，钓鱼比钓到鱼更开心，包粽子也比吃粽子更热闹。因为粽子，是大家一起包的。

会包粽子的，总比会包包子、包饺子的人少，因此我们整条胡同里，包粽子包得好的人并不多，其中就有我奶奶。每逢端午节前后，奶奶会去早市上买来粽叶，有的亲友串门时就送来粽叶，谁家地方大就去谁家。院子里房檐下挂着艾草，用来熏蚊虫甚至辟邪，奶奶带着街坊邻居里的阿姨大妈们，一边聊天一边包粽子。包子饺子也可以一起包，但都没有包粽子隆重，毕竟端午了嘛。

先把糯米泡够二十四个钟头，再把三到四张苇叶折叠成漏斗状，填进去一半糯米，放上几个枣或一大勺提前备好的豆沙馅儿，再放上另一半糯米，用苇叶往下折叠，裹出四个角来，再用马莲或棉线之类，顺着一个方向去缠，一翻手的工夫就给系好了。马莲是棕榈叶子撕成的长条，据说它越煮越结实，越是大锅煮越熟得快。有时别人包不好粽子，奶奶专门负责系马莲，此时聊到有关粽子的往事：

“过去那念书的学生，端午都去祭屈原，摆供桌、焚香，按照齿序，都跪下磕头，念的那个诗文，都摇头晃脑跟念经似的，就是过去念书的调子。以前在什刹海边，每天早上都能见到老先生们念书……”

“过去在宫里头，各个大殿里都把粽子垒得跟塔似的。皇帝还拿粽子赏赐大臣。还玩游戏，用小弓箭射粽子，射到哪个吃哪个……”

煮上一两个小时，出锅拆开，粽子蘸白糖。若包肉粽，还需要用鲜肉、火腿、蛋黄儿等做馅，要提前把肉切好、用佐料腌制好，开锅后还要用小火煮上若干时间。而出锅后的粽子，剥开了先给自家先人上供，摆在家里佛堂、祖先牌位、离世老人的照片前，但愿他们心到神知。即便是贫寒人家，也得吃粽子。

走南闯北这些年，我倒是吃过不少地方的粽子。特别让我感兴趣的，是河池粽子。当地建设了糯米种植、板栗种植、粽叶种植、土猪养殖四个基地，把粽子做成了产业，不限于端午，一年四季都可以吃到。北方人刚开始可能吃不惯南方的肉粽，但河池粽子里品牌很多，有一种是用绿豆和糯米做的，整个粽子剥开是灰绿色的，吃起来真是一股清香，加上板栗，足以中和肉粽的油腻，还透着一丝咸糯，温暖脾胃，补中益气。河池还有北方人看来很新颖的一类，是灰水粽子——糯米淘洗后，用碱性强的草木灰水浸泡，这样的粽子整出来颜色发黄，适合凉着吃。

粽子是祭祀文化的中心，每逢包粽子或吃粽子，会想到阖家团聚，祭祀祖先，告诫我们要慎终追远，不忘古人和先贤。而广西河池是深受传统文化影响的长寿之乡，那里用来包粽子的糯米、墨米、绿豆、板栗、香猪、香料，连带好山好水都那么养人。我吃着粽子，想起了去世的奶奶，也想起了儿时街坊邻居们在一起包粽子的情景。

粽子吃的是糯米，回味的是祖先、亲情与文化。

江　团

湖北利川有条江，叫清江，是长江的一大支流。它发源于利川，流经利川、恩施、宣恩、建始、巴东、长阳、宜都等，在宜昌下属的宜都注入长江，总共没流出湖北省。但若坐游船游清江，则能见到远山叠翠如含笑，春水绿波映小桥，美景仿佛是叶盛兰的唱腔。无论是民歌《龙船调》还是《清江放排》，都是把清江上的事来歌唱。

清江的名字似乎不大明确，水质清丽的都可叫清江。清江水确实清，令人想起了清江鱼。行走于清江畔，游赏利川的风物古迹，感觉最有特色的，是饭食中的江团、莼菜与花椒。

清江里的鱼，广义上都叫清江鱼，有江团、鸭嘴鲟、清江银鱼等许多种。刺少且鲜美的清江鱼是江团，它不怕冷，能在江水里长游，几乎成为清江鱼的代称。

江团的学名叫长吻鮠，还有个更广泛的名字叫鮰鱼。它和鲇鱼略有相似，都是大扁嘴长须子，但比鲇鱼颜色浅，头尾肚腹有点粉红（野生的比养殖的颜色浅，还有粉白色的白江团），也没有鲇鱼脑袋大。它因为有两条老鼠一样的长须，在上海叫“鮰老鼠”；因为长得胖且有肉，在三峡叫“肥鱼”或“肥坨”；生活在以酿酒知名的习水里，在贵州叫作“习鱼”。挨个数来，还是叫“江团”最雅。

江团好吃的做法是清蒸或煮汤，但在安徽、上海是用来红烧。而民国以后重庆万州有了烤鱼，并于近些年席卷全国，使得很多鱼被假借江团之名以烤之。最多的是一种来自北美的斑点叉尾鮰，和江团很像。我读研时学校食堂有道红烧鮰鱼，都是拦腰切成用来油煎的大片作红烧状，在鱼的皮与肉之间有一圈明显的鱼油，可以轻松地用舌头从鱼骨上分下鱼肉，在吸收滋味时吐出并不多的鱼刺，足以把人吃成肥坨。按照菜价来算，不会是真江团。

长久以来，江团似乎没有什么古典的象征，它就是分布广，仿佛天生就是被吃的。苏东坡有首《戏作鮰鱼一绝》："粉红石首仍无骨，雪白河豚不药人。寄语天公与河伯，何妨乞与水精鳞。"这算是把江团加入了古诗词。

莼　菜

《世说新语》中记载：

> 张季鹰辟齐王东曹掾，在洛见秋风起，因思吴中菰菜羹、鲈鱼脍，曰："人生贵得适意尔，何能羁宦数千里以要名爵？"遂命驾便归。俄而齐王败，时人皆谓为见机。

张季鹰就是张翰，是西晋时期的文学家，汉代留侯张良的后人。他在洛阳做官时，想起了江苏的鲈鱼莼菜而辞官回家。白居易在《偶吟》里说："犹有鲈鱼莼菜兴，来出或拟往江东！"由此鲈鱼莼菜，表面上是思乡，实则是有文人与政治的矛盾与暧昧。张翰的莼菜，就是周敦颐的爱莲、陶渊明的菊花。文人的最高理想是当帝师，当文坛教主，执天下文章之魁首，希望普天下实行自己所认为的王道，但这几乎是无法实现的。所谓莼鲈之思，怕是以后没得混或时局有变，赶紧撒丫子颠了，再不跑就来不及了。

鲈鱼不表，单说莼菜。杭州人吃西湖莼菜，苏州人吃太湖莼菜，恩施人吃利川莼菜。利川的莼菜可以做凉拌，洒满了红绿辣椒和蒜瓣，唯一的麻烦是不好用筷子夹。

早先吃莼菜，是把杭州的瓶装莼菜背回家。在鸡炖得半熟时，拧开瓶把莼菜倒进铁锅里，一起熬成汤。那菜似大片的茶叶，却又无比鲜嫩。此时翻来一本汪曾祺的散文集，读到汪老落笔于 1992 年的文章《故乡的野菜》，文中追忆了他 1948 年 4 月在杭州楼外楼喝莼菜汤，那汤与文章都浸润了白居易和苏东坡的味道。读完，再喝口莼菜汤，遂顿悟道：一个人能记得四十四年前某个月份喝的莼菜汤，他记得的不仅是那时的西湖景配洋片，还有他的青春。

在利川，我见到了养殖莼菜的池塘。那池塘表面开满了浮萍一样的绿色小圆片，似浮萍但比浮萍大几号，在夏天还会开暗红色的小花。而在叶片下，隐藏着那些尚未展开的叶芽。莼菜吃的是尚未展开的细长瘦嫩的叶片，因为等展开后就老了。叶片之间还带着半凝固的胶质浓液，仿佛是舍不得花开的琼浆。水质越好，则胶质越厚实。采摘时要小心，清洗时要温柔，储藏前要用沸水焯一下，待到莼菜变成茶叶色，再用水泡了，水中加上点盐，随后便可放入瓶中保存。入口的滑嫩，则是本真的好味道。

人们划着船到了养莼菜的池塘里，从在船上弯腰轻舒猿臂，用“大力金刚指”将莼菜采下。一采便是一整天，比起采茶、采荸荠、挖藕，都各有各的辛苦。食物是文人把它变雅的，却是由劳动人民给文人端上来的。明代沈守正有两首《采莼》诗，其二曰：“步兵偶尔忆山林，尚自风流说到今。不知千里如何味，直待鲈鱼江水深。”沈守正酷爱白居易、苏东坡，而一生官职不高，仕途如东坡般坎坷。

花　椒

利川有道菜叫“格格”，类似于粉蒸肉，只不过是用棒子面代替了米粉来蒸，而粉中照样藏满了花椒，因为利川有一大特产——野生花椒。

那花椒成熟的时节，漫山遍野皆是一树一树的小红珠，仿佛是树要滴出血来。有花椒树的地方，便能引来凤蝶，能在树上看到成片凤蝶的幼虫。凤蝶的品种很多，最好看的是柑橘凤蝶，因为它喜欢栖息于花椒树上，便有个“花椒凤蝶”的名字。它在不同的季节，翅膀会变换出不同的颜色。曾有位喜欢画画与拍蝴蝶的女同学，她说自己画作的灵感来源于蝴蝶的翅膀，还说那翅膀中藏着锦绣山河，并且每种蝴蝶飞的姿势都不一样。她始终期待着能在房前种下一棵花椒树，以引来成片的凤蝶供拍照。但在钢筋混凝土的北京城中，早晚有一天，花椒树会枯死，凤蝶会飞走，女同学也会飞走。而对果农而言，凤蝶是害虫，防治还来不及。

花椒红，麻椒绿；黑胡椒黑，白胡椒白；山胡椒是山苍子，是另一种植物。利川饭餐口味既辣且麻，近似四川。重庆是烫辣，四川是麻辣，湖南是香辣，陕西是酸辣，湖北是透着辣，广西是腌着辣，而更多的地方是干辣。利川这里的姜汁松花蛋，是将红绿辣椒（美人椒）、辣椒、松花剁成丁，与花椒、麻椒同拌，想分着夹是不可能的。用麻来缓解辣，恐怕是四川人民的巨大发明；而这里面，是少不了花椒的。

在中国，辣椒是在明朝以后才有的，古人用茱萸、胡椒、花椒、姜、芥末、葱、大蒜、韭菜等当佐料。《洛神赋》里有“践椒涂之郁烈，步蘅薄而流芳”的句子，意思是踏着花椒树散发出浓烈香气和杜蘅丛生的路途，此处的“杜蘅”指代香草。花椒叶子可以炸食，花椒果是药材，又能象征多子，能和香草并称，可见古人对它的气味十分认可。拿五十粒花椒再来点侧柏叶，加上一斤白酒，泡制半个月可酿成琥珀色的花椒酒，能预防感冒头痛。古代的寿文、祭文里，总有“门设桑弧”“筵开椒酒”之类的词，是说门上挂着桑木做的弓、席间置着花椒酒，用于形容古代重大的场合。

花椒给我的教育，源于我当过知青的父亲。

花椒是个百搭的调料。老北京人做菜，但凡是炝个豆芽儿，炒个土豆丝，都是先炸花椒油，油要七成热，炸一遍就捞出来。而我父亲则不是，他直接把花椒炸糊了，并不捞出来，弄得整盘豆芽儿中间夹满了小黑球，吃得人满嘴的苦涩味儿。我每次都负责在盘子里挑花椒扔出去，但他们仿佛是一粒粒老鼠屎，怎么也挑不干净。我说：“爸，您能直接吃吗？”只见他张张嘴，一盘子花椒都吃掉了。后来我才发现，他们那一代人，真不讲究，啥都吃。

用花椒下面条，则足以展现做饭的某种境界。打卤面，要把花椒油浇在卤上；羊肉煨汆儿面，那羊肉煨得鲜香，却只观其色难尝其味儿——每一口都不见羊肉味儿，只带着一嘴花椒味儿。最高的境界是不用羊肉只用花椒，照样做出羊肉煨汆儿面的味儿，仿佛葱烧海参可以不放海参，光烧大葱就把一桌子菜比下去了。后来得知，不放羊肉的叫酱油汆儿面。

后来我父亲给我讲了他在内蒙古当知青的花椒故事——他当

知青的前一天住进了集体宿舍，外面西北风呼啸，什么新鲜吃的都没有了。此时先擀了面条，把面条切成和筷子一样粗细，再把土豆切成跟面条一样粗细，下手抓一把花椒一把盐，扔到锅里，直接下面条捞了就吃。那是当知青的第一顿饭。第二天一早，门打不开了，黄沙把门埋上了半尺，而洗脸盆的水冻成了冰。

留下“粉身碎骨浑不怕，要留清白在人间”这一千古绝句的于谦，还写过《拟吴侬曲》三首，其一为：“忆郎忆得骨如柴，夜夜望郎郎不来。乍吃黄连心自苦，花椒麻住口难开。”

而在旧京八旗子弟的曲艺单弦八角鼓中，有段岔曲名为《紫绶金章》，开篇是“紫绶金章，懒做辞王”，有一句词也好：“鲈鱼莼菜饭胡麻，充肠醉饱又何须让”，意思是鲈鱼莼菜和用胡麻油炒制的饭食，足以让人回归山野田园，远离了九重宫阙，以享受渔樵之乐。利川不是鲈鱼莼菜饭胡麻，是江团莼菜饭花椒。但无论是江团还是鲈鱼，胡麻还是花椒，都能感受到中国文人在庙堂与江湖之间的徘徊。从陶渊明到唐诗宋词再到马致远和清代的八角鼓曲词，那么多田园美景美食的描写，仿佛是文人们最后的安身之所。

白灼双拼

去福建永定，白天看土楼，晚上我读汪曾祺的《人间滋味》。真奇怪，这老爷子吃遍四方，其夫人还是福建长乐人，却从未专题写过福建的饮食。同行的作家朋友们告诉我，永定属于闽西。在这里，土楼的故事四处可见，但其间的滋味，怕是从饭食中最易得见。

闽西是个好地方，山清水秀，古建昂然，餐前一口发糕或芋子包，餐桌上一口牛肉，饭后一口水果，随时来口米酒，在土楼咚咚咚木头地板和楼梯中上上下下，再到土楼前的溪水旁发呆，看牛在山坡前抖耳朵甩尾巴，看狗在石板路中间躺下睡大觉，看肥大的白鹅在溪水边晒太阳，品着热情的土楼居民给我们倒的山茶，真是神仙般的日子。

永定有大量的客家人，客家菜酥软香浓，美味油大，每碗都汪着油，煲出的汤几乎都是油汤，每个油花里都包着味道。满桌子的菜都是肉，而这里最特产的是牛肉。无论是葱爆、水煮、铁板乃至罐闷，哪怕做成西湖牛肉羹，牛肉都不是入口即化的肉，它始终有坚韧的肉丝，让人从丝丝缕缕中品味出牛腱子的力量。这里的罐装牛肉丝，要煮完了，撕成丝再过油炸。到了永定乡下的镇子上，就看到路边拴着头水牛，田间路边也有牛。它站在你面前，可以上去摸一摸，会跟你眼神交流，令人舍不得杀来吃掉。中国的牛是最温顺的，它似乎是个无限延伸的话题：印度人不吃牛肉，健美运动员要多吃牛肉，北京郊区有牛头宴，中医把牛肉当作药材。在国外看到牛排，会想外国人不吃内脏，难道真的比我们阔？我们更多的时候是吃鸡鸭，而牛羊则不多见。要知道，古代牛肉比鸡鸭要贵得多。只在《水浒传》才有切五斤熟牛肉，做一大盘，再筛上十八碗酒的放肆。而永安为什么特产牛肉？

正想着，思绪被端上来的白灼牛肉双拼打断。

白灼牛肉双拼放在了一个分成两部分的长盘，一边是牛肉，一边是牛肚，中间还有碗调料酱油供蘸。肉似北方菜一般勾了芡汁，但芡汁不多不少，刚好包浆一般糊满了红色的肉片，使得肉片如枣，入口劲道十足。旁边还配备了牛肚，可以蘸酱油。北京的爆肚是蘸芝麻酱的，可以放点香菜。其实不用香菜也行，永定还擅芹菜炒牛肉，芹菜如香菜般清香。

永定有道客家名菜——“九门头”，是牛身上最精华的九个部分：牛舌峰、百叶肚、牛心冠、牛肚尖、牛里脊肉、牛峰肚、牛心血管、牛腰、牛肚壁。估计食客并无闲情分辨每筷子夹起来的是什么。再有是牛肉丸，一大白瓷盆上密密麻麻，一个挨着一个都是牛肉丸子，十分足性（北京话：充足、瓷实）。这里的牛肉丸，绝不似干炸丸子、四喜丸子那样加上土豆、面包渣、肥肉等。我外出不爱吃丸子，因为丸子往往做得油太大，肉也是筋头巴脑。狮子头的肥瘦要一比一各占一半，油炸后再上锅。但永定牛丸纯得多，把牛肉剁成肉泥，直接做汤，鲜味十足。

永定有如此的牛肉，可能是因为气候适合养牛，或者古代劳动人民吃牛肉涨力气。听说这里的牛肉汤或牛肉丸子，过去都是站着或走着喝，喝完一摞碗，继续扛长工去了。再或许……是因为“烹羊宰牛且为乐，会须一饮三百杯”吧。

百香果与炒年糕

滋味是用来呼吸的，众之呼吸在喉，圣人呼吸在踵（脚后眼），拳师呼吸在腰，曲家呼吸在腹，而饮食者，呼吸在羹匙之间。满桌子的菜是不同的呼吸，要不同品味才好。白斩鸡亦不差，老鸭汤炖得深邃，另有用香菇、黄花和瘦肉做的一锅豆腐煲，各自是各自的味儿。这是理论，而现实则是满桌子红烧槐猪肉、新泉豆腐煲、一品汤、干锅鸭、爆炒猪双脆，椒盐干炸野生小河虾……让人忘了主食：一盘淡紫色的圆团团，夹起来才知道是芋头做的芋子包，里面有猪肉、香菇、笋干丝、虾仁、葱白等，油晃晃夺人耳目。更有甚者，是发糕。

在永定，米饭可以不要，盘子里会端上炒发糕。炒发糕很甜。我想起儿时的发糕会放很多红糖，蒸出来都是黑的。炒发糕过了油，再撒上点果料，花花绿绿的一片碎渣子。听说，炒发糕要加入适量糯米酒发酵才细腻。在北方，做发糕是学着揉面，把棒子面和白面红糖揉为一体；而这里倒像是糯米制成米浆，把米浆放在固定的碗盘中，上锅蒸熟再炒，不见红枣，但细腻很多。

在永定，牛肉和炒发糕吃多了觉得腻，想出门找点水果。永定盛产百香果，一种表面可爱、不知内容的果子。

卖百香果的老板很讲究，在每个精选的果子罩上一个水果网套，十几个果子一网兜，拿得出手。我想剥开一个，却不知如何动手。回到房间后找来刀子，纵着劈开，却见是黄色的种子和汁水，汁水不多，种子多余。用勺子剜出来，仅有一勺，酸甜得足以解刚才的肉腻。于是我不再纵着劈开，而是削掉一片皮，继续用勺子挖着吃。

后来我才知道，这像鸡蛋的玩意儿竟就是西番莲的果实。西番莲是古建筑彩绘上的装饰，开成一大朵紫色的花，中间是白色的花心，画到梁架上甚是好看。因喜欢古代彩绘，我看百香果又有了一层亲近。张岱在《梅花书屋》中写：“西溪梅骨古劲，滇茶数茎，妩媚其旁。其旁梅根种西番莲，缠绕如缨络。”我满脑子回想着张岱家里“缠绕如缨络”的西番莲，又想到古建筑中“龙凤枋心西番莲灵芝找头和玺”样式，同时手里把几个百香果的果汁挖出来，放到杯子里，兑上白水再去冰镇一番。

百香果放过一段时间后，表皮会不好看，但里面不会坏，照样酸甜，适合做成果汁饮料，可跟其他如芒果、菠萝、柑橘等混成果汁，将百香果直接加进去就行。

吃遍那么多地方，倒是福建永定的口味很符合，不辣。菜多少有点土腥味儿，但不牙碜，不是泥土，而是树林山丘的清香。炒制的发糕，劲道的牛肉，酸甜的百香果，也许只是永安味道之万中之一，但也足够回味了。

碑刻：东方幻象

20 世纪的欧洲刮起一股“东方幻象”的妖气，欧洲的老男人不仅对东方文化感兴趣，更对东方的年轻女子感兴趣。而谢阁兰的东方幻象十分真实，他在法国巴黎的东方学校念过一年汉语，并学会阅读中国古籍，他很有语言天赋。当一个人真正热爱某种文化时，语言会成为他的工具，成为他打开这座文化大门的钥匙。

1909 年，谢阁兰以海军见习译员的身份来到中国。5 月 28 日，他先到了上海，后去南京、汉口，于 6 月 12 日到达他心中的圣地——北京。他游览了天坛、十三陵、清西陵和长城，认为上海最差，北京最好。8 月 9 日，他与朋友结伴从北京出发，经五台山、太原、西安、兰州、成都、乐山、峨眉山、重庆、汉口、南京到上海，从上海—北京—上海走了一个来回。1910 年 2 月，他在香港和家人团聚。这次考察，谢阁兰都写进了《中国书简》里。随后，他到天津的皇家医学院教书，并成为袁世凯长子袁克定的私人医生，并由此接近袁世凯，打入在华洋人的上流社会。

1914 年，谢阁兰接受了一个关于汉代丧葬的考古任务，受到法国使馆的资助，他与众多学者从北京出发，经河南、陕西、四川、云南，到达了西藏的边界，发现了陕西茂陵霍去病墓“马踏匈奴”的石雕，并根据这次考察写出了《中国西部考古记》，四个章节分别为：中国古代之石刻、崖墓、四川古代之佛教艺术、渭水诸陵。1917 年 3 月，谢阁兰以法国在华征工军事团随团医生的身份，第三次来到中国，此次他重点考察了南京、江苏丹阳一带的古陵墓——南朝石刻。

南北朝时期，南朝的宋齐梁陈诸国，皇帝和王侯陵墓前的神道上都有巨大的石刻，统称为“南朝石刻”，那是古代最为壮观的雕塑与碑铭。最为代表的是天禄，一种头向着天，张开大口，伸出舌头，身有翅膀的神兽。再有的是石碑，石碑是有“乌龟”托着的，确切说是生性好负重的赑屃（也叫“霸下”），是龙生九子之一。唐宋以前的赑屃仍是龟的造型，不似清代那般有一点龙的模样。经过上千年的风雪，这些古碑高且巨大，颜色发黑，质地粗粝，雕刻不精，书法多是作者直接趴在碑上写，写完按照墨迹镂刻。

南朝石刻中有萧氏家族——最杰出的帝王文学世家的陵墓。谢阁兰逐一考察拍摄，并来到了萧顺墓前。萧顺是南朝梁开国皇帝梁武帝萧衍之父，被萧衍封为太祖文皇帝。萧顺墓道两侧各有一碑，碑文相同，但左碑为正书，右碑为反书。谢阁兰以此为灵感，写了首《神道碑》：

太祖文皇帝之神道（汉字是反着写的）

一幅横写的异常的铭文：八个大字，两两相对，不应从右念到左，而应从左念到右。而且，

八个大字全是反书。行人叫道：“刻碑人无知！或者是大逆不道的标新立异！”他们不看，也不留步。

你们呀你们，难道不明白？这八个反书的大字标志着向坟墓的回归，标志着“灵魂的道路”，

它们并不引导活人的脚步。

如果说它们离开沁人心脾的空气，进入石碑，如果说他们避开了光明，落入坚实的深处，

那分明是为了让人们从空间的反面去阅读，死人的呆滞目光正在移动的无路之境。

这种内容风格的诗，谢阁兰写了很多，并收集到其诗集《碑》中。在谢阁兰眼里，世界分成两部分：一部分是现世的，另一部分是刻在碑铭中的。他要从现世中脱离，钻入那个碑铭的世界中。他会站在秦始皇陵墓前，想象着秦始皇陵墓内部的构造和当年秦王朝的盛景，他对此会想得很细很美。他一直在追求诗意的生活。石碑和古墓是生活的载体，文章和行动是现世中的体现。他在《碑》的自序中写道：“在这个破烂不堪，摇摇欲坠的帝国中，只有他们意味着稳定。”

谢阁兰在寻找远古的、不变的帝国。

从碑到诗

1912年，谢阁兰在北京出版了《碑》，这是他生前唯一一本正式出版的诗集。这本书采用了金石拓片的连缀册页的形式，诗的周围有黑色边框，使人见书如见碑。所有的诗都只分段，不分行，每首诗的右上角都配汉语题词，大多出自《诗经》《列子》《尚书》《礼记》《左传》《贞观政要》甚至《竹书纪年》，再有就是他的自造。他似乎不期待法语读者能读懂他的诗，使用汉字不为能让人看懂，而是一种形式感，要汉字的音韵和字形，在一些法语读者看来，那就是一幅图画或巨兽图。一个汉字就是一方石碑，他要汉字站在那里，就像石碑站在那里一样。他是天生的文体家，企图造出一种“碑体诗”，似乎要以此表明——诗的最高形式是碑文，诗本身应刻在石碑上的。而石碑经过了千百年的变迁，它外形的艺术感和镌刻着的诗文之内在意义，构成了整体的、诗意的象征。

《碑》的篇章分别用“东方之碑”“西方之碑”“南方之碑”“北方之碑”来命名。有一次，谢阁兰和法国诗人克洛岱尔一起参观了天津的一个私家花园，克洛岱尔对他说，中国人喜欢靠曲径通幽来忘记真实的方向，寻找自己心中的方向。由此，谢阁兰在诗中创造了第五个方向——“中央”。他写了一章“中央之碑”的诗。书中的很多诗是针对中国某一块古碑而写。他看到《大秦景教流行碑》，写了《光明的宗教》；游览完明十三陵，写了《丧葬诏书》；看到由韩弼元撰文并书写的《金陵诸葛武侯祠迎神送神辞并序》，写了《卧龙颂》。

碑可以映照人心。它原本不过是块顽石，被打磨，被雕刻，被当作纸张。它不过是能长期保存，供人观瞻，不能翻页，却又千年不朽的书。石碑是物，而诗歌是灵，石碑是承载诗歌的，但它本身矗立千年，也有了灵的一面。谢阁兰似一位隔空抓物的大神，从碑刻中抓出精神的一面，吞入腹内，化入血液，流诸笔端。也有其他人能理解古中国，但不会转化创作。法国汉学家伯希和把敦煌搬回了法国，谢阁兰把古中国搬进了他的诗里，他的古中国是创造，不是被动接受，他要把中华“帝国”转化到自我“帝国”之中。他不是来到中国，而是回到中国。与此近似的，只有鲁迅。鲁迅也抄写了多年的古碑，并将古典的故事化入小说集《故事新编》中。鲁迅在《摩罗诗力说》中写：“古民神思，接天然之宫，冥契万有，与之灵会，道其能道，爰为诗歌。”而谢阁兰笔下的碑，应似天宫与人间的使者，似良渚文化的玉琮，抑或是三星堆戴黄金面罩的青铜人。

成为时间

谢阁兰的散文诗集《画》分成三部分：玄幻图、朝贡图、帝王图。在“玄幻图”中，他这样写道：

> 因为，放眼四个边角内的空间，你们只看到千万只白色异鸟结成一行，振翮高翔。这是些带羽的飞箭，喙尖且硬，爪细而红。这是些驮人的飞箭，每支上头都坐着个老翁，额头外鼓，双颊红艳，胡须雪白，长袍飘飘一路翻滚。老翁和坐骑难分彼此：他，借着它的羽翼高飞；它，随着他的思维

扶摇。飞过一片又一片云岛，他们刚刚降落在那块白色的菱形仙台上。你们现在看到，这座仙台底下有一片柱子托着。

以上几句，讲的是中国古代建筑宫殿脊兽最边上的骑凤仙人（也称“仙人骑鸡”）。那仙人原本是齐湣王，他在战争中被追杀时骑凤飞走，化险为夷，由此被用作脊兽的最边上。也有说是由于他昏庸，因而被钉在最边上以表示临渊之危。而谢阁兰的这些描写，是他在阅尽古今文物后想象出来的，他取的不是中国之物，而是中国之灵。

不少考古学者认为，考古要考上古，唐代以前才是古中国。日本汉学家内藤湖南曾有“唐宋转型说”，讲中古时期中国文化的断裂。更有不少学者持“崖山以后无中国”的观念。谢阁兰也受到当时考古学的影响，他考察汉—南朝—唐的帝王陵墓的石刻，发现不仅有石人石狮石马，还有石天禄、石辟邪、石獬豸、石翼马等神兽，獬豸头上有一只独角，是中国的独角兽，遇到作奸犯科者就顶死并吞吃下肚，能辨识曲直与忠奸；辟邪是龙头、马身、麟脚，像狮子，能起守卫的作用，是貔貅的前身。翼马又称天马，翅膀上是云团样的花纹，作云雾中飞翔奔驰的形状。这些神兽形态各异，相貌高古，雕刻粗糙到近似抽象，却使你不得不相信，它们曾经存在过。你摸着那冰冷的石碑，想从中攫取点灵感，但他们只是石头，绝不多说一句话。

现代的写作者面临这样一个问题——如何化用中国古典文化的精髓？我们熟读了《简·爱》与大仲马，比画着就能写小说了，但读了四大名著、《聊斋》与《三言二拍》，仍不知如何下笔，背了多少首唐诗，也写不出大唐的气象。而谢阁兰从南朝石刻、汉唐陵墓、西安碑林中抓取灵感的地方，除了精神、细节，还有时间。谢阁兰的古中国是玄幻，他相信那个人神共存的时代，想必他不接受顾颉刚的“古史辨”学派，那个学派充满了对夏商周的否定，更不会接受简体字、白话文、横排版的汉字。他了解，文明的分歧不在中西而在古今。他站在时间的维度写历史，写生死，写爱情，他始终在创造自己的东方。他通晓的是中国原始的思维方式；他欣赏的是《诗经》《尚书》《淮南子》《山海经》这些典籍中的世界观、时间观、生死观、月令观和生物分类学。此种思维是阴阳、五行、八卦、对偶的，遗失了这种思维，便遗失了进入另一个世界的钥匙。

站在上千年前的古碑雕像前读着一百年前谢阁兰的诗，有如在南京的明孝陵唱孔尚任的《桃花扇·余韵》中【哀江南】的套曲。看着他所拍摄的照片，再想起墓碑主人的风流往事，百年前的人仰慕千年前的人，千年前的诗应和百年前的诗，几层重叠的情感，更给百年后的人，留下一番独特的风景吧。

博尔赫斯这样评价谢阁兰：“他当列入我们时代最聪明作家的行列，而且也许是唯一一位曾对东西方美学、哲学作出综合涉猎的作家。你可以用不到一个月就把谢阁兰读完了，却要用一生的时间去理解他。”这就是谢阁兰，他浸淫在古代陵墓与碑刻中，直至把自己化作那累累荒冢、林林石碑中的一株荒草。

象外：三千年来的中国环境

2021年4月，云南西双版纳自然保护区的一群亚洲象一路向北走向昆明，一时引发网络热议——“大象与自然生态”这个话题，由此进入了公众视野。

如今，国内野生亚洲象的数量约300头。我们基本上制止了对亚洲象的盗猎，拒绝使用象牙制品的观念也逐步深入人心，从那次人们对大象出走的关注度来看，已经说明了保护大象的成功。而我们在关注大象能否回到云南西双版纳自然保护区的同时，还要问的是：大象一直生活在云南吗？它们的栖息地原本在哪？

在古代，大象在中国的分布范围极其广泛。象是家畜，象牙为手工业原料，在乐器中有象管，在舞蹈中有象舞。根据朝代，我们大致列出历代大象在中国的活动范围最北面能到哪，以及环境变迁的状况。

明清时期的北京城里也有大象

旧京有一条路叫长椿街，就在著名的清真小吃聚集地牛街的北边。这一带原来的名字叫象来街。明朝时越南、缅甸进贡大象以示友好，在这里设立了象房用以驯养，故而得名。象房里的大象常年保持在二三十只，明代时归锦衣卫管理，到了清代则归銮舆卫管理。每当大臣上朝时，会有三对（六只）大象站立于前御道左右，寓示吉祥，蔚为壮观。这些大象都有自己的名字，也有各自固定的站位和专食的草料。凡有盛典时，大象还会被牵出来作为仪仗、供人观赏，以寓意吉祥。特别是清宫三大节：正旦（农历正月初一）、冬至、圣节（万寿节，即皇帝生日）时举行的三大朝会（《明会典·礼部》载：“典牧官陈仗马、犀、象于文武楼南，东西相向。”），以及重大祭祀活动时，都用到大象。（《燕京杂记》载：“朝廷有事于南北郊及祈谷雩祭大典，必使象驮祭器驾辂车以出。”）

每年六月，大象会被引导到西护城河里洗澡，并专门有人负责监督，名曰“监浴”。周围观看的人群蔚为壮观，《帝京景物略》《宸垣识略》《宛署杂记》等旧京古籍皆有记载。更直观的，有三幅落款为清代名画家崔子忠的《洗象图》存世，其中一幅存北京故宫博物院。很多诗人都写过洗象，如王渔洋便有《竹枝词》：

玉水轻阴夹绿槐，香车笋轿锦成堆。
千钱更赁楼窗坐，都为河边洗象来。

到了清代后期，北京城里的大象基本绝迹，连象来街的地名也没有了。大象退却的背后，除了晚清国力的衰落，还有北京乃至全国自然生态变化的原因。

亚洲象的寿命能达到 70 岁左右，10 岁到 15 岁性成熟，怀孕期长达 22 个月，繁殖幼崽很慢。它们是群居动物，没有固定的栖息地，对环境的要求比较高，只能生活在热带、亚热带的森林、草原地区。一旦大象的数量减少了，就很难在短时间恢复。环境变了，大象只能退却，这成为北京地区甚至整个中国北方自然生态的变化的标志。

先秦时期，燕国一带还是大片的原始森林，而广大华北地区则是一片沼泽，陈蔡两国之间（大致为今天的豫皖交界一带）也气候湿润。彼时的北京被称为“枣栗之腴”，即人靠枣和栗子几可为生。河北阳原县一带也曾是大象的栖居之地。哪怕到了辽金时期，北京地区也还有“春渔于湖，秋弥于山”一说，意思是春天到东边通州的大湖里打渔、秋天到西山中围猎。

然而随着北京的政治地位不断提升，城市发展的步伐伴随森林的消失同步进行。竹木材是古代生活的必需品，房屋、舟船、寺庙、陵墓都要消耗竹木，北方又不易生长竹子，一切便都要依赖木材。皇家贵族的建筑又一向不惜工本，且需要常年修缮；河北一带还多汉墓，建造多用黄肠题凑，即柏树的柏木心，千年的柏树仅取碗口粗细一丈来长，是树木最核心的一段，造一座汉墓，小片森林就没了。

事实上，整个华北平原的生态从商朝起就开始发生变化。《吕氏春秋》记载：“商人服象，为虐于东夷。”商王朝猎杀犀牛、大象，用来制造象簪、象珥、象笏、象觚、象环、象栉、象箸；

驯服野象用于战争；还有过以象殉葬——河南安阳殷墟中曾发现有象的遗骨。可见商王朝是广泛使用大象的。而随着商朝子民逐渐定居，农田的大量开垦和城市的发展，占用了大量森林面积；开矿、冶炼、大规模地制造青铜器，也需要砍伐树木以作燃料；大象便因为环境变化而开始逐步向南方后退。

秦汉以来大汉王朝随时与北方草原的匈奴发生战争，并因此修建长城。汉武帝时期，汉朝和匈奴开始跨着长城展开长时期的拉锯战：不是匈奴打进来，就是汉朝打过去。而汉朝的“北伐”，都伴随着移民和对草原的拓殖开垦。草原的生态环境十分脆弱，草下几尺即为沙，破坏了也很难恢复。长城内外的战争，造成了北方草原环境的变化，进而影响到北方整体环境的衰退。同样，中国北方自己也历经战乱，从秦汉迭代、三国战乱、东晋“八王之乱”……这一时期北方人口减少，南方人口上升，原本栖息在华北的大象逐渐减少并向南退却。

唐代记载，大象多出没于淮南一带。《太平广记·淮南猎者》记载：“张景伯之为和州，淮南多象，州有猎者，常逐兽山中。”《酉阳杂俎》记载：“今荆地象，色黑，两牙，江中猪也。”《朝野佥载》记载：“唐高宗时期，华容县有象入庄家中庭，卧其足下，有人搓之，象乃令人骑入深山，以鼻拾土，得象牙数十以报之。”大象最北方的分布地在安徽、湖北、湖南等地，且大象渐渐依靠东南亚各国的进贡，成为异域文化的象征，并广泛应用于娱乐、战争、医药、工艺等诸多方面。

北宋时期，也就是公元1056年、1060年、1069年、1099年，黄河发生过大规模的决口。黄河改道十分频繁，河北、河南、山东等大片土地沦为泽国，对北方环境破坏巨大。有史学家认为，这几次治“黄”是北宋王朝的大规模“作死”工程，黄河改道带来的灾害是北宋灭亡的原因之一。中国北方的环境进一步破坏，于是经济重点转向南方的鱼米之乡。北宋时，大象的生存边界最北只到长江中下游地区。

南宋以后，大量人口更是深入了岭南和东南沿海地区，中国的经济重心南移。南方自古有南方的问题：一方面，南方多种水稻，种植水稻需要砍伐大量的森林，排干大片的湖水，将其开发成稻田，将山丘地区开发成梯田，由此使得丰富的生态环境变得单一。另一方面，在盐碱的侵害下，江南的土地资源仍然稀缺。到了明清，江南人口膨胀，士绅衣食无忧，百姓却在苦苦挣扎，维持粮食的高产要付出巨大的劳动，南方的生态、经济并不稳定。南宋某一时期有人认为，豢养大象有违自然之道，大象因踩踏庄稼又被视为害兽，各地也有捕杀大象的现象。但在云南、广西等西南少数民族聚集地区，大象则一直被视为珍宝，这也使得大象进一步向岭南、闽南等地退却。

元明清三朝，象在云南、广西等地，被广泛运用于乘骑、耕田、运输和打仗等，土司作战多使用象阵。明朝洪武十八年（公元 1385 年），为对付云南麓川土司的象阵，明朝廷设立驯象卫，归广西都指挥使司管辖，负责捕捉和驯化野象，既负责对阵土司，又负责进贡大象到朝廷作为仪仗。云南也向朝廷进贡象牙、犀角和驯象。

中国古代的环境保护与治理

传统中国并非没有保护自然的概念。《礼记·月令》就规定人们什么季节干什么事，以求顺应天时："命祀山林川泽，牺牲毋用牝，禁止伐木。毋覆巢，毋杀孩虫、胎、夭、飞鸟……"《孟子·梁惠王上》中也说："不违农时，谷不可胜食也；数罟不入洿池，鱼鳖不可胜食也；斧斤以时入山林，材木不可胜用也。谷与鱼鳖不可胜食，材木不可胜用，是使民养生丧死无憾也。"《国语》《管子》《荀子》《淮南子》的一些零散篇章，亦提倡像儒家那样"天人合一"，像道家那样"道法自然"。问题在于，这些一旦涉及具体执行，多半无力。

古人保护环境的行为较为被动，只是哪里出事管哪里。明朝永乐、万历年间，离北京不远的五台山发生过多次盗伐树木的事件，据《清凉山志》记载，盗伐者"千百成群，蔽山罗野，斧斤如雨，喊声震天"，所剩者不足百分之一。当地官员后来上表皇帝，皇帝责成兵部下令一律不准变卖，又派兵把守，这才留下一部分。想维持环境现状都难，更不可能让大象再回到北方了。

对于古人来说，与环境关联最为密切的词是"风水"，而非"环保"。古人有土地神，却无森林神，补栽树木只是一种习惯，不是信仰；北方汉人又不似南方边陲的土著，对于森林的态度更不像是神话。

除了森林的消耗，中国古代不断兴修水利，也在改变着环境。很多海外汉学家对中国兴修水利并不是很了解。在欧洲，除了尼德兰——荷兰，几乎没有什么国家有大型的水利，他们也没有什么洪涝蝗灾，可以靠天吃饭。古代中国必须靠水利与运河。要把水多的地方与没水的地方平均，再借着漕运沟通南北。仅以清朝嘉庆年间为例，黄河几乎年年决口，而治水费用高达国家财政收入的四分之一，历来都是官员们贪污的重点。贪官们前赴后继地瓜分掉治水和赈灾的款项，似乎中华吏治的恶劣，倒是由“国家的钱不得不花”造成的了。

在中国，兴修水利是地方官员的一项重要政绩。古代搞水利是征用民众服徭役，使用流民、贱民去干。在统治者看来，这是民众的义务、责任，也是荣耀。他们不会纠结于这种人力物力的成本，因为他们认为这是造福一方，是长治久安，也是君王统治的千秋万世。而《大象的退却：一部中国环境史》一书的作者伊懋可教授则不这么认为，他认为古中国的水利工程没算对生态环境恢复时所用的代价。他在书中算了一笔账，水利并非一劳永逸，尽管有都江堰工程的伟大，但是很多水利还要永久修下去，子子孙孙永不停息，如同木制的建筑要不断翻修，中国的水利肯定赔了。

说来遗憾。汉学家兴许不习惯中国的观念与国情。清末的传教士来京，认为北京人烧煤要花费大量的钱财，采煤的成本也很高，消耗煤炭资源还污染。但北京的郊区门头沟多是露天煤窑，煤炭工人都是流民，用他们干苦力，事实上还保障了社会治安。至于工人权益如何、消耗资源和污染怎么办，还是限于历史的大环境——很多时候，历史是留有遗憾的。

古人眼里的环境

古代中国通过科举之路的士大夫到地方为官，来治理地方上的环境。每当探讨中国环境变化之时，更是在探讨中国古代士大夫对自然环境、对山水田园的态度，就还要回归到文学和史学上的解读。

孔子曰："智者乐水，仁者乐山。智者动，仁者静。"《韩诗外传》解释云："山者，万物之所瞻仰也。草木生焉，宝藏植焉，飞鸟集焉，走兽休焉，四方益取与焉。出云导风，从乎天地之间。天地以成，国家以宁。此仁者所以乐于山也。"儒家以山水比喻伦理关系，天地自然为国家的先前条件。魏晋时以竹林七贤为首的玄学家，忽略山水的具体形态，对山水进行抽象思维。而在山水观方面集大成者，以及对后世影响巨大者，为东晋时儒、释、道三家思想兼修者谢灵运。

谢灵运身处的魏晋南北朝时期是中国人认识环境的一个重大转变。在此之前，自然是一个模糊的、神话的概念，所谓"巫山之阳，高丘之阻。旦为朝云，暮为行雨"。谢灵运首次书写了现实中的自然，并提出了环境的概念："竹缘浦以被绿，石照涧而映红。月隐山而成阴，木鸣柯以起风。"山水是可以依托依靠的实在物，有了山水才有了风月。出身士族的谢灵运优越感十足，但仕途的不顺也使他有借山水而隐遁之感。古人带着观看、玩赏的心态欣赏山水，人可以寄居在山水之间，但并没有对山水采取实质性的征服、改造。

反观上古至唐宋的山水观发展历程，可用《指月录》中青原惟信禅师的一段语录：

> 老僧三十年前未参禅时，见山是山，见水是水。及至后来，亲见知识，有个人处，见山不是山，见水不是水。而今得个休歇处，依前见山只是山，见水只是水。

庄子时期的道家，可谓"见山是山，见水是水"；魏晋时期以竹林七贤为代表的玄学思想发生时，是"见山不是山，见水不是水”；东晋儒、释、道兼修的谢灵运，可谓“见山只是山，见水只是水”。此时山水与个人已融为一体，山水之于个人，好比是佛像身后的背光。

古人能产生这种儒家的山水观，与中国几千年来的皇权思想、皇帝制度是相关的，因为皇帝是真龙天子，是天地自然赋予的皇权，自然是不变的，那么皇权也是不变的。天人感应是皇帝对天地的感应，这种感应与百姓无关。士大夫按照儒家思想去辅佐皇帝治国，百姓顺应皇权去生活，这都使得古人对山水自然有了态度——山水是背景和环境。

美国学者段义孚在《恋地情结：对环境感知、态度与价值》中说：“人类的意识有一种倾向：将连续的自然界切分开来，从中挑选出一些事物结成对子，并把相反的含义赋予对子的每一方。”“宇宙图景不过是现实中大地上的权力系统的一个投影而已。”中国历代帝王的统治，都是在不断给民众洗脑，以加强民众对天地自然产生的信仰，进而从信奉天地到信奉天子——皇帝，从而完成了庞大帝国的统治。由此可以解释，中国的皇帝为何一再相信祥瑞的说法。

由古代环境想到民生，那么古中国究竟是贫是富？我们总是说中国地大物博，但为什么每当一有灾害，就卖儿鬻女，易子而食，折骨为爨？古中国真的很富有，但富有得太过脆弱。无论是旧时王谢，还是杜甫忆昔的开元天宝，在孟元老怀念的东京梦华，似乎都逃不开镜花水月的噩梦。唐朝最为强盛的年代不过五十年，安史之乱后就一轮落日冷长安。而宋代，中国经历了不短的冰河期，宋朝很冷，徽钦二帝被掳到五国城，似乎到了西伯利亚般苦寒，这都与环境的变迁有关吧。

中国古代的靠山吃山靠水吃水，和工业化之后的开发自然并不是一回事，因为古代即便想破坏环境也破坏不到哪儿去。现如今我们陷入了环保的两难，始终纠结在“发展—破坏环境、环保—停滞发展”的二元对立中。这种对立是近现代才出现，在谢灵运的时代，中国没有这个观念，也就不存在这个问题。

法国史学家丹纳在《艺术哲学》中说，影响某一地区艺术发展的三元素是种族、时代、环境。环境指的是统治与人心。大象在佛教文化中被认为是陆上力气最大的动物，它是普贤菩萨的坐骑，用脊柱支撑起了整个世界；而在藏族神话中，大象托着大地，如果秋季大地丰收了，压得大象动了动，就发生了地震。在传统吉祥图案中，一只大象托着一个宝瓶，取“太平有相”之意。无论是从科学上还是文化上，大象的出走都是社会生活的一个标志性反应。

有人认为大象出走是喜剧，也有人认为是悲剧。人们一边像看戏似的观看大象出走后“表演”的种种漫步、吃睡、醉酒、嬉戏玩耍，一边担忧西双版纳是不是破坏了原始雨林而种植经济林，害得大象没法活才离家出走，至今关于它们的出走尚无定论。

中国古代随着人口的增长和人对自然的开发，消失的不仅是大象，更有广袤的森林、河流与湿润的环境，这和中国古代统治方法有关。古中国大象从北方往南方的退却，以及现在云南西双版纳大象的出走，都说明中国的环境始终在变化。希望大象的出走，确实能带来我们对于古往今来中国环境变化的思考。

集贤宾

北漂：民国文人的文艺千秋梦

自从明代永乐皇帝迁都北京，便有了广义的“北漂”到京师谋求发展。1928年，国民政府北伐胜利以后，即便国民政府将首都迁到了南京，北京改为北平，也无法撼动其文化古都的地位。此后一段时间，中国呈现长衫、西装、中山装“三服鼎立”的局面。其实，从五四运动开始，青年的精神就被革命引发，他们群情激奋，越来越多的年轻人乃至中年人，来到北京这座文化古都，做他们的文艺千秋梦。

我们对民国大师无须盲目崇拜，通过审视他们的作品和生平，是能读出一些值得参考的东西。不妨选择四个南方人——梁启超、齐白石、沈从文、汪曾祺，一起看看这些民国“北漂”的故事。

梁启超的“变”与“不变”

梁启超是真正的性情中人，他外表温文尔雅，内心却慷慨激昂。他既大气，又细腻。其大气到说话、做文章、做事都是大手笔，都是“为了天下”之类云云；而在具体操作上，却总是事无巨细，连子女的生活都要亲自关心过问。他在给儿子梁思顺的信中写道：“……思成呢？我就怕因为徽因的境遇不好，把他牵动，忧伤憔悴是容易消磨人的志气……我到底不知徽因胸襟如何：若胸襟窄狭的人，一定抵挡不住忧伤憔悴，影响到思成，便把我的思成毁了……”舐犊之情，感人至深。

梁启超被称为“善变”豪杰，这一点连他本人也不避讳。他一生横跨晚清、北洋、国民政府三个时期，担当过维新派、保皇派、立宪派这三种不同理念的团体主力。其中“维新”与“保皇”，貌似是两个敌对的观念，梁启超却很正常地完成了其间的过渡。

梁启超的过人之处，在于他是人际关系大师，尽管他所结交的人在走马灯一样变换着，他追求自由的想法却一直没有改变。

梁启超对康有为、汪康年、孙中山、章太炎、杨度、袁世凯的态度都有过重大的转变，大多是从不认同到认同，再从认同到反对；最重大改变的是康有为、孙中山、袁世凯，其中前一个是恩师，后两个都曾当过中国的一把手。他所想的，是建造“新”的国民，争自由、兴民权。他认为，中国人有三大误区：

> 一曰不知道国家与天下的差别；
>
> 二曰不知道国家与朝廷是有区别的；
>
> 三曰不知道国家与国民之间的关系究竟如何。

这“三大误区论”振聋发聩。对于康有为的用孔教抵制耶稣教，对于孙中山的暴力革命，尤其是对于袁世凯称帝后会引发的无休止的革命，梁启超都是不认同的。一个主张通过立宪而达到自由的人，怎么会让一种束缚来代替另一种束缚呢？

梁启超跟志不同道不合的人绝不同谋，即使是尊敬一生的恩师康有为，最终也要分道扬镳。康有为一贯主张“孔教”治国，要把孔子树立成中国的耶稣，在乡村各地像建立教堂一样建立儒家的学堂，甚至采用孔子纪年。而梁启超的“保皇”，则是为保光绪皇帝这一人，他所畅想的是革命成功后，把光绪皇帝请出来做大总统也未尝不可，就像他在小说《新中国未来记》中所写的，中国的大总统叫罗在田，那是爱新觉罗·载湉的拟音。

梁启超对恩师康有为所作的评论如下：“故短先生者，谓其武断，谓其执拗，谓其专制，或非无因耶。”梁启超同孙中山也曾有过一定的友谊。然而康梁一党多是世家子弟，是团聚在万木草堂、时务学堂周围的同学老师；而孙中山的同盟会、兴中会多是下层的士民游侠，更容易接受排满复汉，暴力革命的手段。改变中国，梁启超用的是民智，孙中山用的是炸弹，结果梁启超到了檀香山，原本兴中会的人纷纷加入了保皇党，这令孙中山极为愤怒。孙梁二人最终势同水火，革命党与保皇党之间的坑也就越挖越深。

历史每翻开崭新的一页时，往往都会把旧的一页撕破。1912年的这一页，被清廷退位民主共和时成立的共和党、民主党、统一党、国民党这四个党派裹挟着梁启超一起撕破了。戊戌变法之后，梁启超在海外流亡了十三年，他的思想在这个时期基本形成，通过他的一本《欧游心影录》就能看出。由此，作为思想家的梁启超，更多地成了实干家。随着清帝的逊位，他终于有了实干的平台。但是，文化人总是悲哀的，梁启超只能选择跟着谁干，而自己不能挑大梁。民主共和只是一纸空文，党政多是争夺权力，少有真正的信仰，深入考察过欧美各国政治的梁启超自然是每个党都争取的对象，加入其中一个就会得罪另外三个。他选择了实权握在袁世凯手中的共和党，这一选择几乎使他成为当时的“全民公敌”，几乎身败名裂。

袁世凯是梁启超绕不过去的合作对象。梁启超对每一个党派的理念都不完全认可，他只能寻找一个与自己理想最为接近的党派。他和袁世凯合作，想把共和、民主、统一三个党派合并为进步党，希望定了袁世凯为总统之后设立宪法，这是他能做到的最好结局了。对于革命，梁启超一直充满了担忧。

到了晚年，梁启超的思想仍在不断变化。他一生所想的是要建设一个新的国家，孕育出一批“仁、智、勇”三达德的新民。这个理念贯穿了他的一生，为此他先追随康有为，随后跟各种革命团体一起干，晚年时提携后进，最终退居书斋成为一代学人，并以身作则教育出九个优秀的子女，这确实是梁启超最好的归宿。就像早年辜鸿铭学习西学、严复宣传启蒙、康有为主场变法，但最终都回归传统一样，晚年的梁启超也最终回归到传统上来，这似乎成了那个时代中国学者逃不出的怪圈。

晚清那一代人对于社会责任的担当感足以令今人惭愧。梁启超一生都在做时代的引路人。为此，无论是师友还是后学，他都是抱着好感接触，发现问题后试图改变，无法改变后选择离开，甚至不惜走上敌对的道路。

梁启超变化的是思想观念与合作伙伴，但他永远不变的是那颗拳拳的赤子之心。

剑走偏锋的齐白石

星塘一带杏花风，黄犊出栏西复东。
身上铃声慈母意，如今亦作听铃翁。

这是齐白石自题在画作《柳牛图》的诗。画这幅画时他已经年过六旬，儿孙满堂，却还在“北漂”。这期间他不断追忆童年时的湖南乡下生活，并有了写回忆录或编年谱的打算。从 20 世纪 30 年代开始，齐白石就口述回忆录，并由他故交之子张次溪记录。1946 年，齐白石特地坐着洋车，抱着一大摞资料到胡适家，请胡适、黎锦熙、邓广铭三位大学者给他做年谱。1949 年，齐白石在有生之年见到了他的年谱，而作者之一的胡适已经远渡重洋去了美国。彼时用此诗最后一句“如今亦作听铃翁”来形容，是再合适不过了。

齐白石的一生貌似平静，除了幼年贫苦成名较晚外，似乎没经历什么太大的风浪，最终享得长寿，四世同堂。但他一生曾五次远游——五出五归，分别是：三十八岁（1902 年）、四十岁（1904 年）、四十一岁（1905 年）、四十三岁（1907 年）和四十四岁（1908 年），足迹遍及大半个中国，最远到了越南。特别是第一次，他于 1902 年 10 月从家乡湘潭到了西安，1903 年 3 月又从西安出发，游华山、嵩山，并从嵩山去了北京，随后到天津、上海、汉口，再回到湘潭。他早年就结识了杨度的弟弟杨钧，第一次来京他住在宣武门外北半截胡同，与杨度深度交往。后又于 1917 年、1919 年上了北京，但前三次北漂无功而返。

齐白石号称自己“诗第一，字第二，印第三，画第四”。人们记住了他“第四”的画，看看某张照片上年近八旬、长须长衫的齐白石，连同他膝下一群满地乱爬的孩子——这才是人间烟火中的大师。毕加索说他不敢来中国，因为中国有个齐白石。其实来了也无妨，齐白石反而会向他求教。从年龄和相貌上看，齐白石似乎是最为传统的中国画家。

齐白石自幼家贫，他的绘画最开始是像鲁迅小时候那样蒙着纸拓小说绣像。他刚开始是做桌椅板凳的粗木匠，但很快改为做雕花的细木匠，艺术性提高很多。他能做的雕花床屏和寿星骑鹿，像山西大院中的雕刻一样精美，这些是他的基础功。他的文化基础建立在《芥子园画谱》和《唐诗三百首》上，并在胡沁园、王湘绮等的教导下飞速成长。那个年代，这两种书都是儿童开蒙时的读物，仅仅是能让人认字而已。

雕花木匠加上画谱，这位白石老人的画，是没有什么正统功底的，而他的厉害之处在于出奇制胜——他太有灵性了，会的题材太多了。早年画的虫草极为精美，触须都十分纤细灵动；其山水长卷也自成一家。张大千是文人画家，齐白石是草根画家，他们被誉为“南张北齐”，是有道理的。一个有个性而缺乏功底的画家也许不会被学院派喜欢，却容易被民众接受。

中国文化自古就有雅俗之分，齐白石走的是“俗”，很多人说他画的是农民画，他也不介意被这么说，这些在《齐白石回忆录》中都有记载。齐白石的剑走偏锋，恰恰证明了中国画的雅俗共赏，以及民间艺术的灵秀之美。他笔下那些虾米白菜、樱桃荔枝中所有的韵味，是在众多大家的山水侍女中找不到的。齐白石也不满足于做个乡土画家，他在五十七岁的时候，居然操着湖南口音从湖南到北京卖画，并在一次题画中扬言：

余作画数十年，未称己意，从此决心大变，不欲人知。即饿死京华，公等勿怜。

齐白石认为自己不是官差那个圈子的人，干不来那种事，非要一辈子卖画。固执如此，也便成了大家。

曾经有人问溥心畬先生如何画画。溥心畬说，写好诗就能画好画。齐白石的老师经学家王湘绮也这样认为，是他扩大了齐白石的社交圈子，告诉齐白石诗文对于绘画的重要性，这使得齐白石终身吟哦不辍。

齐白石奇特的地方还有很多，完全可以辑录出一部《齐白石轶事》。在恩师胡沁园逝世后，他特意回到老家，把自己被老师喜欢的画临摹了二十多幅，一并在坟前焚化纪念。又有人给齐白石算过命，算得他害怕过 75 岁，于是他就从 75 岁开始给自己多报两岁，以骗过“老天爷”。还在那一年“念佛，带金器，避见属龙属狗属牛羊的人”，在命书封面上写了九个大字：“十二日戌刻交运大吉。”齐白石做一点看似迷信的事，不仅能够理解，反而觉得可爱，他像个标准的老小孩。

2012 年，位于北京市东城区雨儿胡同的齐白石故居开放了。齐白石在北京居住过很多地方，最知名的一处故居是在跨车胡同，如今已经成了文物保护单位。听家中长辈说，小时候在跨车胡同齐家门口，能看到晚年不修边幅的齐白石一个人在门口站着，一副邋遢的样子。

沈从文：随时准备逃家的男人

沈从文和老舍都是随时准备逃家的男人。他们被各种事情缠身，扰得无法安心写作，想随时离家出走。就沈从文而言，不只是工作和家庭，最终整个文坛都把他扫地出门，这也间接成就了一位文物学者。

作为现代文坛上少有的没有留过洋的作家，沈从文的生活轨迹和当代文学青年十分相似。但他最终以一个“乡下人”“士兵”的身份，成了一代文学名家。这似乎又与当代差得有些远了。

沈从文是湘西落魄的望族出身，祖父沈宏富做过云南昭通镇守使和贵州总督，父亲沈宗嗣呼应了武昌起义并且刺杀过袁世凯。他的性格文中带武，为人表面不露声色，但内心十分坚毅，外温婉而内刚毅。沈从文谦谦君子，温润如玉，一脸的书生气。他的行文风格也是温和的，节奏是慢悠悠的、一唱三叹的，安静得让人听到远处的流水声。而他登上文学史的舞台，是通过郁达夫的一篇《给一位文学青年的公开状》的迎头痛击：

> 像你这样一个白脸长身，一无依靠的文学青年，即使将面包和泪吃，勤勤恳恳的在大学窗下住它五六年，难道你拿毕业文凭的那一天，天上就忽而会下起珍珠白米的雨来的么？……你能保得住你毕业的时候，事情会来找你么？

1923 年，沈从文“北漂”后，住在前门外杨梅竹斜街 61 号的酉西会馆，后来搬到银闸胡同的庆华公寓，这里离北大红楼很近。原先，这个仅有高小文化，不懂外语，不会用标点符号的年轻人设想着半工半读，可他考燕大、北大等统统落榜；好不容易考上了中法大学却交不起28块钱的住宿费……直至1924年11月13日那个雪天，郁达夫的到来，才改变了他的处境。在郁达夫、徐志摩等人的帮助下，他最终得以在《晨报副刊》上发表文章，且慢慢结识了“新月派”作家群。沈从文的为人和文章，是容易被打败、击垮，但不容易被消灭。沈从文曾经卷入三次文艺论战中，前两次是他写杂文与人辩论，直辩论得批评家李健吾劝他不要写了，还是去写小说吧。他性格里不善争辩。彻底击垮沈从文的是第三次论战，即郭沫若的《斥反动文艺》，这给他带来了灭顶之灾。此时，他内心深处的刚毅开始发作，他用文物研究这种多少有些近似的工作，来代替文学活了下来。前两次自杀未遂是庆幸的，这时候“未遂”了，以后就能扛过去了。

沈从文并不逆来顺受，不是忍不住就去自杀的人。在禁言的岁月里，他一直忍着高血压、心脏病的病痛，他在书信中表达那些不合时宜的思想，一直在争取文物研究方面书稿的出版，以便让世人认可他作为学者的价值。早在1949年12月25日，他就写了一篇《政治无所不在》，能看到些他在“不解”之中的怀疑。他的逻辑是：我承认我“错”了，对于正确的我搞不懂，所以我现在是在学习的过程中。而在这个过程中，我还是在坚持我的“错”。

沈从文一直处于一种“即将出逃”的状态。他在北京至少住过十二个地方。在21岁、22岁时是处于失业的状态；23岁、24岁时做了图书管理员勉强糊口；25岁开始在“贵人”郁达夫、徐志摩、杨振声、胡适等人的提携下成了职业作家和编辑，这期间虽然娶了苏州张家的三小姐，抱得美人归，却又赶上抗战，因而还是在贫穷和逃难中度过的；直到44岁时终于成为北大教授。但好光景持续了没几年，他就被迫到历史博物馆做了26年的说明员，其间还下放劳动，直至77岁高龄才调入中国社科院，当他终于解决了房子问题的时候，人已经半身不遂了。这期间几乎所有的选择，都是沈从文被迫做出的。他被迫承受了郭沫若、丁玲的攻击，还要囿于时代的缘故而原谅他们。他一向不关心政治，政治却总是在“关心”他。他企图逃离一种生存状态，却又被另一种更不爽的状态吸了进去，并深深不能自拔。

沈从文生前及其死后沈家都反对凤凰古城过度地商业开发，尤其反对营造沈从文的墓地和故居，这样的湘西就不是沈从文笔下的湘西。但商品经济的大潮终究打扰了沈从文的宁静。

汪曾祺：最后的士大夫

随意翻开汪曾祺早年《礼拜天的早晨》中的一段文字：

> 我想到那些木格窗子了，想到窗子外的青灰墙，墙上的漏痕，青苔气味，那些未经一点剧烈的伤痕，完全天然的销蚀的青灰，露着非常的古老和不可挽救的衰索之气……

这是一个出身中国旧式家庭，喜欢讲古野史、民俗、戏曲、绘画、美食、风物的旧式文人，他把小说大多献给了20世纪三四十年代的故乡高邮，而散文大多献给了人间的草木、滋味和戏曲。他有广博的杂学，仿佛熟悉旧式生活的一切，这些都使得他在今天成为一位受欢迎的作家。

汪曾祺能写会画，能吹笛，能拉胡琴，能唱京昆，懂吃会做，好烟酒，也喜欢年轻的女孩子，但他能发乎情止乎礼。细数他的散文，分成几大块：谈吃、戏曲、文史掌故、地方风物、怀念故人，等等。

汪曾祺懂昆曲，唱昆曲的戏路很广，“从《琵琶记·南浦》、《拜月记·走雨》开蒙，陆续学会了《游园·惊梦》《拾画·叫画》《哭像》《闻铃》《扫花》《三醉》《思凡》《折柳·阳关》《瑶台》《花报》……大都是生旦戏。偶尔也学两出老生花脸戏，如《弹词》《山门》《夜奔》……”。昆曲每出的调门是定准的，初学者唱不了难度大的曲子。看他的戏码，则知道汪曾祺浸淫戏曲的水平，更感觉他是传统士大夫中的一员。

汪曾祺懂得吃，是因为他生在南方，又到昆明去读书，后来到上海教书，跟着解放军到了武汉，新中国成立后为了和家人团聚，定居到了北京。之后不幸被划为“右派”，到张家口的农业研究所画了两年的土豆，画完就烤熟了吃掉。这吃遍大江南北的经历，是人们少有的了。

汪曾祺擅画。他生前没用画卖过钱，一直希望出一本书画集，直至去世后才由子女自费编印了一本。

汪曾祺还是性情中人，有一次晚上他在家里画画，画着画着就哭了，旁人一问，他说：“我想德熙了。”——朱德熙先生是他已逝的挚友，他们一起上的西南联大，一起唱的昆曲。

若按照出生年龄来说，汪曾祺可以说是最后一位士大夫了。他是最后一拨在抗战以前毕业，能受到大师们耳提面命，完成大学教育的人。可一把宝刀刚刚锻造完成，就迎来了冰封时期，只好自我雪藏。在抗战胜利后，国家千疮百孔，文科大学生难找工作。不多久，又经历各种政治运动。汪曾祺的北漂生涯，就是在这种情况下开始的。

1948年初春，汪曾祺的女友施松卿在北京大学外语系担任助教，他便从上海来到北京，在赋闲半年后，进入历史博物馆工作。之后，他报名参加了“四野”的南下工作团，在武汉工作了一年。1950年，北京市文联成立，他回到北京，在北京市文联担任《北京文艺》的编辑；1954年，他调到中国民间文艺研究会任《民间文学》编辑；1957年被划为“右派”，在张家口劳动两年，直至1961年，他才调回北京京剧院任编剧——很少有作家的本职工作是京剧编剧。

汪曾祺晚年名声日益响亮，他有好几篇小说代表作如《八月骄阳》《安乐居》，写得京腔京韵；另有几篇散文代表作如《午门忆旧》《玉渊潭的传说》《香港的高楼和北京的大树》《胡同文化》《北京的秋花》《听遛鸟人谈戏》等，令人百读不厌。但他的文思情感仍以家乡高邮为中心，进而辐射到全国各地，北京不过是他生活年头较多的地方。

汪曾祺晚年仍有不愉快的事，他非常不喜欢自己被划为“乡土小说家”，同时有一桩《沙家浜》的署名官司，使他身心俱疲。读者也会相信，他有更好的文章没有写出来，否则他就不会因喝闷酒弄个胃肠出血而去世。他的文章带有水气，但更多的是带有酒气，他是有酒神精神的。他逝世于77岁那年，若再活十年，肯定会活着感受到文学大师的待遇。

士大夫在文化上的意义，在于文化的承传。每一位读书人，都应该幼年拜师，晚年收徒，将自己的思想和才情传播下去。梁启超、齐白石、沈从文、汪曾祺都是有承传的，他们拜了师，而现在仍然有人在成为他们的私淑弟子。这不由得让人感叹，人生也有涯，知也无涯，而世事无常，人生难测。

不知那样的时代，是“北漂”的幸或不幸。作为那个年代的“北漂”，若在艺术、为人方面没有打破常规之处，以普通人的出身家世，是很难有成就的。这时候再回头看这些成功的“北漂”，更能品味出一些难以言说的东西来。

平民：人民艺术家的平民本色

现代文学史上的著名作家老舍，是值得每个时代、每个年龄段的人来反复阅读的——不同的人、不同的年龄和心境，会读出不同的感受。

和同时代的作家相比，老舍有好几个奇特之处：出身穷苦，作品雅俗共赏、易搬上舞台，而他部分的戏剧、诗、曲艺类作品并不成功。他最好的作品可能写得比谁都好，不够好的作品可能也比谁都不好。

老舍的奇特之处

如果做个横向比较的话，老舍几乎是现代作家中出身最穷苦的人。鲁迅的祖父是进士及第点过翰林的县令，郭沫若、巴金、丁玲家都是地主，茅盾家是资本家，冰心的父亲是民国时的海军少将，郑振铎的祖父是盐官，许地山的父亲是县令，胡适的父亲是台湾的总巡，曹禺的父亲是黎元洪的秘书，钱锺书的父亲是大学教授，张爱玲是李鸿章的曾外孙女和张佩纶的孙女，沈从文貌似很穷，但他祖父也做过总兵……只有老舍的父亲，是一个守卫东华门的清兵，是社会最底层，每月关饷三两银子，等着春秋两季发下陈年老米的清兵。老舍的父亲在庚子事变中阵亡，家里几个孩子靠着父亲的抚恤金过活。他的家里永远在寅吃卯粮，靠赊账和母亲给人家洗衣服缝穷过日子。他九岁始得人资助入私塾，曾考入北京三中却因经济困难退学，这才考取了不收费的北京师范学校。

老舍的母亲劳动了一生，干了一辈子活儿，想必也不会认识多少字，是靠缝穷来养活一家人。而就是在这样的情况下，老舍成了至今还活在读者心中的作家。

长期以来，我们以革命与否来划分文学的通俗与严肃。老舍是严肃作家，但他的作品通俗易懂，其语言、文字的难易程度与张恨水差不多。要读鲁迅的作品起码要认识五六千个汉字，而读老舍的作品则认识两千个字就足够了。

老舍的读者不分阶层，不分左中右，但大家都能感受到他作品的深意。

老舍的作品看得见——到处都有；读得懂——故事简单；想不明——他为什么写这些？猜不透——他到底要说什么？

老舍后期的创作以戏剧为主，一生写了四十二个剧本，算上两个废稿，应该是四十四个。现成为保留剧目的有《茶馆》《西望长安》《龙须沟》等，根据小说改编的话剧有《四世同堂》《骆驼祥子》《老舍五则》《我这一辈子》《正红旗下》等，改编曲剧作品《正红旗下》《茶馆》《龙须沟》《骆驼祥子》《开市大吉》等，以上作品以及《方珍珠》《鼓书艺人》《纳妾》《月牙儿》《黑白李》《离婚》《二马》等，几乎都改编成了影视剧。

老舍也有很多剧本已不再上演，因为当时排演也并不成功。他还有大量的曲艺作品，包括相声、大鼓词、单弦牌子曲、太平歌词、快板词等。在《老舍全集》第13卷“曲艺卷”中，一共收入老舍创作的相声27篇、鼓词10篇、快板12篇、太平鼓词1篇、山东快书1篇、合作撰写的单弦牌子曲1篇、唱词6篇。

老舍生前最后一个作品是快板《陈各庄上养猪多》。快板等曲艺作品中包含着老舍复杂的文艺思想，如今也很少上演，且评价也并不高。我们不妨看一段老舍根据传统相声《报菜名》改编的相声《维生素》的选段：

甲　二哥说啦：扁豆，豌豆，生菜，菠菜，番茄，胡萝卜，含有大量维生素甲，也叫维他命甲，可以不闹眼病，抵抗传染病。萝卜，大葱，鸡蛋，橘子水，内含维生素乙，也叫维他命乙，可以减少脚气湿气；妇女不孕，婴儿瘦弱，服之更为有益。白菜，柠檬，芹菜，豌豆都有维生素丙，也叫维他命丙，治牙床出血，骨软筋疲，面色青白，关节疼痛。鱼肝油，蛋黄，内含维生素丁，也叫维他命丁，可以预防软骨病，大便秘结，神经不安，肌肉松懈。牛肉，牛心，牛腰子，牛肝，瘦羊肉，羊肝，羊腰，牛奶，酒酿，蛋白，胡萝卜缨儿，有维生素庚，也叫维他命庚，吃了可免皮肤病。此之谓：养生有道，饮食当先，会吃的既省金钱，又合卫生，胡吃海塞的浪费金钱，病由口入。

乙　那么，您哥儿俩到底要了什么菜呀？

甲　我们？什么也没要，光开了个食品小座谈会！

乙　好家伙！

——载一九五〇年二月二十二日《光明日报》

为了宣传讲卫生，贯口段落不够连贯，“底”的包袱也不够响，这个段子有人演过，现已绝迹舞台很久了。

老舍的思想变迁

老舍的一生都在写作，他把每时每刻的想法都浸润在文字中，使得他的文字在朴实中见内涵。

平民主义是老舍最打动人的地方。老舍出生于北京西城区小杨家胡同 8 号（原门牌号小羊圈胡同 5 号），他在一些作品中描绘过这个地方。如：“院子东西长，南北窄，地势很低，每逢下了大雨，院中便积满了水。”“每逢伏天夜里下暴雨的时节，我们就都要坐到天明，以免屋顶忽然塌了下来，同归于尽。”

老舍是挨过饿的人，他是家中第一辈读书识字，第一辈做官的人，更懂得谋生的艰难与穷人的疾苦。对挨过饿的人而言，“肚子饿是最大的真理”。挨过饿的人，即便以后衣食无忧，也会有饥饿的恐慌，其安全感较低，因而更体恤大众，也更悲观。他的作品通俗，贴近下层，笔下的人物也是最穷的。他期待城市平民是他的读者，希望平民看他的书而变得更好，更爱国，这样一来国家也就变得更好。

看一段《龙须沟》里的舞台提示：

北房是王家，门口摆着水缸和破木箱，一张长方桌放在从云彩缝里射出来的阳光下，上边晒着大包袱。王大妈正在生着焊活和作饭两用的小煤球炉子。东房，右边一间是丁家，屋顶上因为漏雨，盖着半领破苇席，用破砖压着，绳子拴着，檐下挂着一条旧车胎；门上挂着补了补钉的破红布门帘，门前除了一个火炉和几件破碎三轮车零件外，几乎是一无所有。左边一间是程家，门上挂着下半截已经脱落了的破竹帘子；窗户上糊着许多香烟画片；门前有一棵发育不全的小枣树，借着枣树搭起一个小小的喇叭花架子。架的下边，靠左上角有一座泥砌的柴灶。

这一段所描写的，是北京真正胡同平民的生活，至今有的人家仍然是这个样子。老舍有三部作品的主人公都是大鼓艺人，包括中篇《鼓书艺人》——西河大鼓、话剧《方珍珠》——京韵大鼓、话剧《龙须沟》——单弦，可称作“鼓书三部曲”。这三部都被拍成了电影，又都是遗憾之作。《方珍珠》和《龙须沟》受政治影响太大，基本是“一半一半”，前一半说旧社会怎么苦，后一半说新社会怎么改造。电影《方珍珠》里侯宝林出演一位相声艺人，展现了那个时代的相声艺人兼有江湖混混的样子，并保存了相声《买佛龛》的影像。《龙须沟》没什么故事情节，想演得出彩很不容易。《鼓书艺人》小说是老舍在美国写成的，而中文稿不知所踪，中文版是根据英文版翻译的。老舍对《鼓书艺人》并不满意，他要继续为艺人们写作，为此才有了《龙须沟》。

同样，平民家庭的出身，八旗阵亡士兵的后代，刚出生即面临庚子年八国联军进北京的命运，使老舍成为一个朴素的民族主义者和爱国者。出生于昆明的美国学者本尼迪克特·安德森在《想象的共同体：民族主义的起源与散布》一书中指出，民族主义是一种想象的共同体。而民族主义在中国表现为最朴素、最直接的爱国，没有为什么，只因生是此国人而爱国，谈不上政治理想。老舍是狂热的爱国者，如他的小说《神拳》，宣扬同归于尽的抗战思想。他所描写的斗争，即是打不过就一起死，如《四世同堂》中钱仲石与一卡车日寇共死。他会一味地鼓动民众爱国，会赞扬笔下人物的爱国动机。而他笔下的人，想必会抵制或焚烧日货，会把爱国演变成一场狂热的运动。借着《茶馆》，老舍说："我爱大清国，我怕它完了。"

老舍热爱平民，进而相信平民。他诅咒世道的不公，国家改了民国，却从头到尾塞满了战乱和饥荒。世道不好，就要改变它。他那么渴望改变世界，对官员、知识分子、国民党反动派，都是批评与讽刺。他批判有钱人、批判读书人的教条、迂腐、猥琐与堕落。富人大都坏，穷人大都好。他与负面新闻众多的冯玉祥关系不错，因为欣赏冯玉祥的平民做派。由此可见他对于穷人的矛盾，一方面他不信任富人和知识分子，另一方面他讽刺一切丑恶，并带有滑稽戏般展演的态度。他会写一个老妈子"脸像掉在地上又踩了一脚的切糕"(《牛天赐传》)，会写一个茶房"眉毛拧得直往下落毛"(《马裤先生》)，也会写某位少奶奶"吃得顺着枕头往下流油，被窝的深处能扫出一大碗什锦来"(《抱孙》)。

国家主义是国家对经济和文化的管控，展现了国家的权威。老舍的此种思想来源甚早，在《国家之上》中，他开始提倡"文章入伍，文章下乡"把自己变成一个"乡村读书人"。作家是最有独立思想和独立人格的人，老舍则要求作家和知识分子都要带头来服从祖国。老舍在《二马》中写："连一丁点儿国家观念都没有。""只有国家主义才能救中国。"在《八方风雨》中："不会因为写鼓词和小曲儿而有失身份。”在《火葬》序：“为稍稍尽力于抗战的宣传，人家给我出什么题，我便写什么，好坏不管，只求尽力。”

这几种主义在老舍这里是混杂的，是同时具备的。

老舍如何讲故事

老舍是现代文学中少见的、同时活在大学文学院里和图书市场上的长篇作家。他最把杆儿的（北京话：最擅长的）是写北京小人物的小说，他的散文也写得好，但剧本成功率并不高，诗歌、曲艺令人惋惜——他写的大鼓、相声现在鲜少出现在舞台。他的长篇小说无论文本结构、布局谋篇，语言表达的感觉，讲故事的方式，都有一定英国小说的味儿。他是“北京的狄更斯”，或者说，狄更斯是“伦敦的老舍”。

老舍在创作上进行过大胆的尝试，他笔下有生活、有阅历、有见识，但缺少大起大落和传奇性，缺少曲折反转的剧情，编起来似乎有点愣，多是讲一些小人物的一生，最后主人公既没死也没发财，如代表作《月牙儿》《阳光》《我这一辈子》，这三篇小说各用一句话就能概括——

《月牙儿》：母女二人先后做妓女的故事。

《阳光》：年轻聪明漂亮的女学生一心想嫁入有钱人家，最终败家的故事。

《我这一辈子》：一个巡警认真工作一辈子，最后老了无依无靠、孤苦伶仃的故事。

因此，他作品有争议的地方，是没有达到读者的期待，读者可能想看主人公嫁入豪门或者凄惨死去。比如《月牙儿》，读者会期待他写母女两代人如何被人欺负、如何在生活中苦苦挣扎，期待他写母女俩因贫穷发生了多少具体的事，以及每件事的起因、经过、结果，但老舍可能会一笔带过——就说母亲结婚了，又被抛弃了，女儿被迫也去做了妓女，而母女二人在院中相会彼此对视，这时两个人都明白了，再抬头看天上的月牙儿。老舍用渲染的笔法写出这一切，一篇万字的短篇小说却足以让人读完荡气回肠。夏志清曾批评过《四世同堂》，认为结构散乱，但老舍在《四世同堂》里，写得成功的是人与人之间不易拿捏的感情分寸，如冠晓荷做汉奸时的心态以及胡同里人们对于冠晓荷的变化。

确实，老舍的笔下大都从现实中取材，人必须有个原型，事儿必须有个影儿。而他最成功的作品大多剑走偏锋，有神来之笔，不可复制，如《骆驼祥子》《正红旗下》《茶馆》。

若要兼顾人物、故事、主题、结构，则老舍处理作品绝对是优先写人物。那么，老舍对他笔下各色人物的态度是怎样的呢？

我们来看老舍于 2018 年改编成同名电影的短篇小说《不成问题的问题》中的人物。《不成问题的问题》有四个主人公：丁务源、秦妙斋、尤大兴、尤大兴的太太明霞。他们的故事仿佛缺乏逻辑，因为在生活中，这四种人在一起真的没逻辑。他们分别是旧式的、浮夸的、海归的和居家的四类人，都有点文化，都是社会中坚，却都不成事。表面上是写丁务源、秦妙斋和尤太太三个人荒废了一个农场的故事。在作品中，利己者只顾精致地谋利，艺术家则从中挑事，大众趋炎附势，居家的只顾自己平安。得利者的圆滑、社会混混的无耻、正义者的软弱、不劳动者的自私，连带着民族性中的懒惰、狭隘、撒谎、虚伪与鸡贼，展露无遗。他们是市面儿上很体面的四种人，却是老舍最不待见的四种人。老舍谁的观念也不站，他的身份与观念与这四种人都不同。他不是经理、文艺混混，更不是海归博士、家庭主妇，但他管过事，是文艺活动家，在海外教过书，娶了家庭主妇。这四种人他都不欣赏，但都贴边。他成功塑造了丁务源、秦妙斋与尤大兴三个鲜血淋漓的人。

在《不成问题的问题》的原著小说中，交代了一些电影中没表现出来的人物前史，如：秦妙斋曾加入过抗战艺术家的团体，后来觉得没意思不玩了；尤太太明霞，家里有钱，曾经失过恋，也想过自杀，而尤大兴不大喜欢恋爱，不曾请明霞吃过饭或给她买过鲜花，是为了结婚而结婚的。原著中明确写出，“尤太太并不喜欢大兴”“明霞越来越看不起丈夫”“她不能了解大兴，又不能离婚，她只能时时地定眼发呆”。还有，尤大兴要出去抗战，是明霞把他反锁在屋里，自己出去交涉的。

上述这些十分关键，因为只看电影的话，我们看不出尤太太是为了应付前任对她的抛弃而结婚的。她渴望爱情，但丈夫尤大兴只顾工作，夫妻之间能生活但无爱情。这种关系一直是两性关系的一种。老舍寥寥几笔直中靶心，显示出他艺术的高妙。

老舍的作品读多了，就会发现故事不那么愣了。老舍以人物带着剧情的写法，他给《不成问题的问题》中的每个人如评书般“开脸”，提前写明复杂的人物预设，这些人物虽都让人膈应，但只是不那么正直，并不是大奸大恶，但又不吐槽不快。这正是老舍塑造人物的成功之处。丁务源为什么放任秦妙斋？秦妙斋为什么肆意妄为？尤大兴夫妇为什么不做反击？因为他们都有人物设定，他们就是这样的人。是这样的人，才应该写出来批评讽刺，以儆效尤。老舍的创作目的，如同他的三观一样，多层如千层饼，盘根错节如麻花，盘旋如螺丝转儿。通过《不成问题的问题》，能看出他的创作有三种目的：

一、卖文为生。他自比为文牛、为文艺战线无名小卒。他真心热爱文艺，他希望能像狄更斯一样通过写作过上好的生活。因此，他才会以写作为业。

二、国民性批判。老舍对于国民性受鲁迅影响。这样的人物，对中国人的劣根性提出强烈的批判。

三、为了写给城市市民。如果说赵树理是农民作家，那么老舍则是市民作家。

兴许我们不大认同老舍主题先行的手法，但这正是老舍的目的所在。一个自我既认同艺术又认同宣传的作家，做人是多么分裂，写作又是多么的痛苦。正如同他试着将北京话与现代汉语和面般揉到一块儿写作一样。老舍是最诚实的，也是最分裂的。

老舍是最诚实的分裂者

懂多大人情说多大书。老舍洞悉的是如何为人处世，如何在盛世或乱世做好本分的角色。他不是简单地揭露社会现实、宣扬爱国思想、惩恶扬善，而是展现真实的人。一个人身兼如此多的身份，如此之多的创作态度，却在笔下长久的大一统。我以为老舍是一位多重人格，且分裂成功的人。“分裂成功”的过程太多痛苦，也太不愿示人。

人物是作者内心人格分裂出的人物，是作者的一个视角或生命的一部分。老舍是把自己的一种身份中的一部分分裂出来，或者在各种身份中穿梭。

从文学上讲，他一个人身兼了这样几种身份：

一、传统文人（旧学）：为自身修养，也是为生活方式。

二、知识分子（西学）：为学术艺术，也为精神信仰；他受五四运动的思潮和鲁迅先生的影响，对中国人的劣根性提出强烈的批判。

三、民间艺人（民族、地方）：他自比为文牛、为文艺战线无名小卒。

四、文艺宣传工作者（大众）：为统治者服务，也为国家和民族。

在上述这几种身份的交织下，老舍对知识分子和小市民到底是爱是恨？怕是老舍本人也难回答，他本身就是矛盾的。而不矛盾的地方，则在于他永远都是一位胡同里的老北京人。来看老舍先生以下这段文字，能看出他是活生生的，生活在我们身边的胡同人。他有着这样一种鲜明的逻辑——民不行，由国来救民；并从“小我”到“大我”，从“自我”到“无我”；从个人艺术创作到国家政治宣传，并成为站在平民视角，让大众看得懂，为大众写作的——人民艺术家。我很喜欢他的这篇《我的理想家庭》：

家中不要电话，不要播音机，不要留声机，不要麻将牌，不要风扇，不要保险柜。缺乏的东西本来很多，不过这几项是故意不要的，有人白送给我也不要。

院子必须很大，靠墙有几株小果木树。

除了一块长方的土地，平坦无草，足够打开太极拳的。其他的地方就都种着花草——没有一种珍贵费事的，只求昌茂多花。

屋中至少有一只花猫，院中至少也有一两盆金鱼；小树上悬着小笼，二三绿蝈蝈随意地鸣着。屋子不多，又不要仆人，人口自然不能很多：一妻和一儿一女就正合适。

先生管擦地板与玻璃，打扫院子，收拾花木，给鱼换水，给蝈蝈一两块绿黄瓜或几个毛豆；并管上街送信买书等事宜。

太太管做饭，女儿任助手——顶好是十二三岁，不准小也不准大，老是十二三岁。儿子顶好是三岁，既会讲话，又胖胖的会淘气。

母女做饭之外，就做点针线，看小弟弟。大件衣服拿到外边去洗，小件的随时自己涮一涮。

这一家子人，因为吃的简单干净，而一天到晚不闲着，所以身体都很不坏。因为身体好，所以没有肝火，大家都不爱闹脾气。除了为小猫上房，金鱼甩子等事着急之外，谁也不急叱白脸的。

以上就是老舍的理想家庭，也是大多数人的理想家庭吧。在老舍的众多作品中，能看到他对中国人民族性的批判。我想他是纯真的理想主义者，渴望改变世界——他是穷人出身，他认为，假如穷人也不好，民不行，则由国来救民。由此“国家”是团结中国人的一种方式，他把个人的自由寄托于国家的自由上。

都说老舍是英国狄更斯式小说的中国传人，但他同样继承了传统世情小说不重故事剧情而讲人情世故的文脉。中国古代小说，都是读书人写市井；老舍是市井人变成读书人来写市井。国家和民族对他有好处，他真心地热爱国家和民族。他以旁观者的身份，表现出对底层人的悲悯情怀。他始终用平视的视角看市井人。老舍出身底层，他先天懂平民，并倾向于改变平民的困境。

老舍罹难已经半个世纪了，有关老舍创作的研究也许才刚刚开始。

玩家：王世襄·黄裳·徐城北

王世襄：一手驾大鹰，一手拎兔子

2009年11月28日，京城最会玩儿的王世襄老爷子走了，有人说他是被老朋友翻译家杨宪益拽着走的。杨宪益比他小八个月，曾赠诗曰：

少年燕市称玩主，老大京华辑逸文。

这是王世襄一生的真实写照。我最欣赏这样一幅照片：青年的王世襄穿着全身的行头，一手驾大鹰，一手拎兔子，那劲头，气派，有范儿。和王世襄的年龄相差七十岁，只觉得这老者有几分亲近，像一位从旧古代走过来的邻家老头。斯人已去，翻阅他的著作《锦灰堆》，能回忆北京这座古城的诸多往事。

“玩儿”这个词，在北京话中，有着更广阔的意义。万事万物，皆可叫“玩”。若说“玩”文学艺术，似乎显得对文艺不够尊重，但在北京话中是成立的，因为这是北京人的生活态度和方式。玩到极致，可称为“玩家”。玩家不是玩物丧志，而是玩出学问，玩出境界，过上一种更为开阔的人生。当玩家最大的花费不是钱，而是时间和用心，因而常常能看到经济不够好的人，最终“玩”出大成就。

所玩的内容，包括琴棋书画、花鸟鱼虫、戏曲曲艺……更大的玩，是驾鹰围猎，这是八旗子弟的遗风。如王世襄《大鹰篇》中所写，我小时候在北京南城或郊区看过人家玩鹰，玩隼。隼的个头并不大，嘴巴尖尖的，看上去也不是很凶。有一次见到一位街坊，不知从哪捉来了一只鸮，比隼的个头足足大了一多半，样子凶恶之极，恨不得要把你眼睛啄出来似的。鸮的主人也许是太爱显摆，把鸮放在家门口，吓着了邻家的小孩，被人家点了炮（北京话，意为告状），好端端的一只大鸮被抄走了。鸮不让养了，这位街坊只好养个头小了几号的鸽子。

在花鸟鱼虫中，最不起眼但最有难度、有文化的，是玩虫，可参见王世襄《秋虫六忆》一文。清宫内的宫女、太监都养蝈蝈儿、蛐蛐儿，哪怕秋虫叫唤时被慈禧太后听到，她也不会生气。电影《末代皇帝》里，溥仪从小就爱斗蛐蛐儿，影片的最后，年老的溥仪花钱买票进了故宫，从龙椅底下掏出一个蛐蛐儿葫芦来。北京有位相声名家叫王长友，是李金斗的师爷，酷爱斗蛐蛐儿，曾经要调动工作到东北去，东北那边的待遇不错，各方面手续都办好了，忽然一想，东北太冷了，没蛐蛐儿，就又决定不去了。若把北京的蛐蛐罐一个挨一个摆放在八仙桌上，放满了是二十四个，因此收藏蛐蛐罐论桌，称半桌还是一桌。如今清代赵子玉制作的澄浆泥蛐蛐罐儿，能价值数十万一对儿，而王长友有一桌半。

玩虫主要有四类虫：蝈蝈儿、油葫芦、金钟儿、蛐蛐儿。玩法分两类：一种是听叫唤；另一种是看争斗。听叫唤的有蝈蝈儿、蛐蛐儿、油葫芦等。卖蝈蝈儿的挑着一大担编织笼子，装着蝈蝈儿走街串巷。蝈蝈儿只要喂黄瓜丝儿、胡萝卜丝儿，叫得可响了。金钟儿即日本蟋蟀，又名马蛉，叫起来更好听，它喜欢吃苹果、梨等，也不用垫土，只垫俩白菜叶子就行。这类鸣虫是可以点药的，即将松香涂在它的前翅上，来改变虫儿震动鸣叫的频率，能让它叫得更好听。

携带鸣虫多是用葫芦。葫芦摘下来后要晒一年，然后入油锅来炸，再把一头给截平了，安上盖口，讲究的都是用红木的、象牙的。盖口和葫芦身上都能雕刻，葫芦外还得有个棉套。冬天时候一进屋子，把揣怀里的葫芦掏出来，放在沏好茶水的茶壶旁边，虫子一感受到温暖就叫起，众人听到时会心一笑——此乃寒冬一乐儿也。玩蛐蛐儿早已是个庞大的产业链。聊斋中有个《促织》的故事，官府摊派下百姓要上交蛐蛐儿供皇家来斗，主人公家里的小孩把蛐蛐儿弄丢后投井了，自己变成了蛐蛐儿去斗。

而读王世襄《獾狗篇》，则令我又想起了儿时在郊区打兔子的故事来。那时在昌平，要么就是在房山，深秋的某个日子，看那一片枯萎的田地中，什么都没有。大人们就在那里拉上了网子，然后放狗，跑到田地里去轰，不一会儿准能轰出灰色的兔子来。一会儿，兔子和狗都消失了，随后不久，有人从对面拎着兔子牵着狗回来。原来兔子不会跑直线，跑不了多远就拐弯绕大圈，只要拉好网子，早晚它们会撞到网子里。我问大人：“怎么知道兔子准能往这个方向转弯？”他们对此也说不清，只是一个劲地说要以后带着我去打大尾巴、白脖圈的野鸡，还告诉我野鸡飞三下，飞到第三下它就飞不动了，可以用手去抱，它们的尾巴就是戏台上周瑜和陆文龙脑袋顶上的翎子。

公元前 208 年，73 岁的李斯带着次子上刑场时感慨道：

吾欲与若复牵黄犬，俱出上蔡东门逐狡兔，岂可得乎！

从那以后，牵着狗抓兔子被赋予了人们对于逍遥生活的渴望，两千多年过去了，这种情感从李斯到王世襄，一直未变。

从那些儿时的回忆里，又回到了眼前摆着《锦灰堆》的书桌前。金鱼、秋虫、鸽子、大鹰、獾狗、掼跤、烹饪、火绘、葫芦、漆器、竹刻、明式家具……一旦游戏被赋予了文化，它所代表的东西就厚重起来。《锦灰堆》对我的影响不仅在于学问，更在于一种高级玩家的生活态度：可以游戏人生，但一定要玩得上档次，那种表面的游戏，实为中华文化的瑰宝。

我突然觉得当今“90 后”“00 后”的孩子们很幸福，他们从小就一切现代化，父母又大多是 20 世纪 60 年代出生，正好是经济建设下的受惠者。我们“80 后”高中、大学接触到的东西，他们小学、初中就能接触得到。但是，现在人们的日子可能少了一点生活的余韵，少了《锦灰堆》的余韵。

“戏魔”黄裳

如果从传统戏曲的角度讲，人可以分为两派：喜欢京剧的人和不喜欢京剧的人。中国现代新派的文人中，鲁迅、周作人不大喜欢京剧，徐志摩、老舍则迷恋京剧，胡适是为了文学革命而批判京剧，因此他悄悄跑到剧场里看筱翠花，生怕被人认出来。除了剧评家外，新派文人中写旧戏文章的人不多，幸好还有黄裳，写过薄薄的戏评集《旧戏新谈》以及京剧故事集《彩色的花语》，出版过厚厚的《黄裳论剧杂文》等，在他的《来燕榭集外文钞》中，收有36篇论剧杂文。而在1998年出版的六卷本《黄裳文集》中，整整第二卷都是《论剧》，读之有味，尚嫌不够多呢。

黄裳最为有名的代表作是《旧戏新谈》。文章是20世纪40年代所写，于1946年至1947年在上海《文汇报》的副刊“浮世绘”上发表。当时所写的文章不会为尊者讳，会直接地写发福后的程砚秋的《春闺梦》不叫座，李少春的猴儿戏不行，周信芳是破锣嗓子，马连良的“劝千岁”被唱得臭了大街，小生们都画得太妖艳，马富禄演戏是“努力做出怪状”，袁世海善于藏拙，李玉茹唱戏不知何时即将“荒”“走”，童芷苓老板的一举一动真是十足的恶劣……这些现在成了极为珍贵的史料，就像陈志明主编的《〈立言画刊〉京剧资料选编》一样，只有看到当时谁火谁不火，谁受捧谁挨骂，才能渐渐地排除后人的棒杀或捧杀——那时候，艺人们还都没成为京剧表演艺术家。

痴迷旧戏的人，对新编戏多少都不大喜欢。并不是新编戏不对，而是很多人并没有能达到把旧戏革新的水平。黄裳的旧戏新谈，其实谈得并不新，只是谈到了一些戏外的文史知识，其中不乏一些久已绝迹舞台的《纺棉花》《雌雄镖》《安天会》《八大拿》等戏，这些失传的文戏尚可听老唱片，但武戏是彻底没地方看，也只能读读黄裳过瘾了。

再翻黄裳的《来燕榭集外文钞》，更发现那批1951年在《新民晚报》上发表的戏评，是认认真真地谈跷功、跪拜、脸谱等，努力从旧戏中找一些新时代能接着用的玩意，每每在文章的结尾，象征性添上一点对古典的批判，而正文都是在尽力解除人们对古典文化的误解，像是在耐心地给外行人讲戏。这也是“戏魔”黄裳的一片苦心。

黄裳懂戏的级别很高，他知道听哪一个好角的哪一出戏，更知道哪一出戏中要听哪个腔，看哪个身段，在哪里叫好。他不仅有欣赏昆腔的基础，还有欣赏各种地方戏的眼界，连电影《盖叫天舞台艺术》的文字说明都是他写的，当然是行内人了。他看过杨小楼、程继仙的戏，这等福气，早已羡煞人也！

京城名票刘曾复说一生有三件幸福的事，即“出生在中国；居住在北京；有老伴照顾”；这时候他老伴给续上一件——“听过杨小楼”。由此可见在戏迷心目中，听过杨小楼的人如同见过真神一般。黄裳就是见过真神的人，我等后辈，唯有对着他说戏的文章羡慕了。

徐城北：都赶上了

徐城北去世得非常突然，他生于1942年，2021年去世时快80岁了，但我总感觉他是位60多岁的人，在曾经的一众老先生中显得特别年轻。

徐城北著有《梅兰芳三部曲》《老北京三部曲》《老字号三部曲》等，而他的《新北京三部曲》只出版一本《认识城北》，《“三了”三部曲》只出版一本《赶上了》。他还曾想过写《新字号三部曲》，足见他有不少著作尚未完成，很多他个人经历、文人交往的细节都没有写出来。

曾有朋友请徐城北为汪曾祺的《人间有戏》作序，徐先生认真地写了《戏梦人生 人间有戏》一文，特别指出汪曾祺的内心始终有我行我素的一面，谈及汪曾祺对他叹息说“我欣赏的青年，如果懂得我的内心，也就算不错了”。汪曾祺一生大材小用，内秀无比，徐城北懂汪曾祺，他们的关系处于师友之间。

若说徐城北与北京掌故，正如他的一本书名：赶上了。

徐城北的父母都是新中国成立前在《大公报》工作的知识分子，因此他从小就接触沈从文、冯友兰、向达、潘光旦、汪曾祺、艾青等文化名人。他出生于重庆，从小回到北京他祖父母的四合院中，街坊是京城四大名医之一的施今墨，他从小就知道施大夫家的院子比自家的好，二十多岁就认识了很多名家。他非常的早慧、早熟，现存有一部他于“文革”前自编的手稿《学步集》，扉页有他自己的毛笔题签，收录有古诗词、随笔及其改编的京剧剧本《锁五龙》等，可知他于 1963 年便开始写古诗词，那时他才 21 岁。

徐城北的求学甚是勇敢。因为喜欢戏曲，毅然从师范学院退学，到戏曲学院旁听。这在现在也非常罕见，很像钢琴家傅聪在家接受音乐教育，直至比赛获奖后去国外留学。普通人家是绝不敢这么干的。等到 1965 年他毕业时，便面临着分配的难题。因为他母亲的关系，他被分到新疆生产建设兵团，后又到河北工作，一晃离京 15 年。

20 世纪 80 年代以后，他坐在永定河的大堤上写了一出京剧《骆驼岭》，寄给剧作家范钧宏，作品转给剧院后受到重视奉调回京，到中国京剧院当编剧，与当年汪曾祺因《范进中举》成名后调入北京京剧院如出一辙。后来，徐城北又到中国艺术研究院搞戏曲研究，直至成为名作家。

徐城北童年时赶上了众多老辈知识分子，看过众多戏曲名家，又赶上了特殊年代而去四处浪游了一年半，走了 22 个省市。改革开放以后，他又能学有所用。不幸的是他前半生吃了不少苦，幸运的是他后半生苦尽甘来。

徐城北写北京掌故与其他前辈学者不同，他写了很多的 1949 年至 1966 年的“十七年掌故”。

1949 年至 1966 年这段，在当代文学史上叫“十七年文学”。从老北京研究的角度，也可以把这段单独提出来，叫老北京的“十七年时期”。那时，新的北京市政府安定了市民生活，初步修缮并改建了北京古城，改革了学制并普及了小学，初步形成了以旧城为中心，并向周边发展的城市规划草案。旧社会的一切污浊都被扫清，四处都展现出了新北京的社会万象，而古城的格局尚且保留，老北京的风物中尚有部分存留，四合院中的室内布局还是八仙桌、太师椅，大街上还是有老人穿长袍留胡须，一副旧文人的样子。

徐城北是念旧的人，他乐于写童年往事和年轻见闻。他不自觉地和众多“40 后”北京文化人，如学者赵珩，作家肖复兴、叶广芩等，一起写了大量“十七年时期”的北京掌故。他们的著作是新老北京的链接。一方面，“十七年时期”这个特殊历史时期的北京值得研究；另一方面，如今在新中国成立前有老北京见闻的世纪老人所存无几，亲历者顶多写到“十七年时期”的北京了。

写新北京，是在徐城北家搬到鸟巢附近的楼房里以后，他感受到老北京的衰退和新北京的崛起，因而有意识地写了《老北京三部曲》:《帝都遗韵》《巷陌民风》《透视前门》，以及《新北京三部曲》的第一本《认识城北》。据说第二本计划写新北京的城南，第三本计划写新北京的东部和西部，要从通州写到门头沟。他的不少文章如《737 与北四环》《北京新建七环路》《北京“城”的突围史》《北京的城乡都在变》《地铁城市》等，都写北京林立的高楼，写 798 与水立方，写搬家与房屋装修。

徐城北看过现代城市文化方面的书，认为北京的伟大，第一是北京的“大方、大气、大度”，第二是它的“正派、正经、正直”，第三是它的“稳”和“慢”。在《四合院，我对你说……》一文中，他谈道:“今天修复四合院，最大的问题有两个：一是给什么人住；二是进来的人怎么住。北京市最近给全市 200 家四合院门前挂牌，我真是一则以喜，一则以忧。我不知道今后由哪些人住进去，才有可能帮助北京古都风貌的恢复?”他对北京城的建设，不是认为住平房一切都好，而是思考怎样适应新生活。这就好比，民国时写老北京的学者写隆福寺庙会，现在没有隆福寺，有了北五环，我们为什么不能像老学者写隆福寺那样写写北五环呢?

徐城北的眼光很独到，只可惜太多内容限于篇幅尚未展开。

梅兰芳研究是徐城北最为把杆儿的学术项目，他留下了《梅兰芳与二十世纪》《梅兰芳艺术谭》等著作，对他的评价有不次于著名梅派艺术研究家许姬传之说，当然从年纪和阅历上还不能跟许老相提并论。他是借着家中世交的关系，直接去梅、尚、程、荀家里“掏老宅子”，收集了第一手资料，在秉承京剧原有的艺术和规律下研究的。他曾于 1997 年在《上海戏剧》上发表系列文章《新录鬼簿》，古风十足。搞研究就要有观点，谈观点必然有意见相左的人看不惯。对此，他是非常仗义执言的。他直言批评一些演出不够成功的作品，不断放言“京剧流派从某种角度的确是老朽了”“京剧大势已去”以及李少春之后就没“角儿”了。他写过一篇《鲁迅与梅兰芳》，客观分析了鲁迅骂梅兰芳的往事。有鲁迅研究者与之商榷，批评他感情用事，“偏向”梅兰芳且误读了鲁迅，甚至说：“徐先生的文章事实上正背离了他自诩的公正立场。鲁迅批评梅兰芳现象非梅本人，目的在于批判二三十年代中国社会消闲娱乐心理的病态。”

这里有个根源的问题，即新文艺家对于男旦的态度，鲁迅及这位批评徐城北的鲁迅研究者，对男旦——男人扮演女人做“扭捏的姿态”，是不接受的。但徐城北和戏曲界的内行普遍认为，演戏当然可以男演女、女演男，如果演戏都不能跨性别，还算什么表演艺术呢？在京剧传习时，开始并不分行当，学戏时生旦净丑都学，票友甚至不必分专门唱哪个行当，男女角色什么都会才好。以角色的性别来划分，是窄化了戏剧艺术。徐先生原文的最后一段已表达了他更为开明的思想，其视野比很多自以为新潮的年轻人都开阔：“我们需要新时期的鲁迅，我们需要新时期的梅兰芳，我们需要在新时期中，让鲁迅和梅兰芳的灵魂联手合作。”

徐城北的学问是罕见的杂：天文地理、戏曲美食、文坛往事、生病反思、读书杂记、全国旅游、老年随想以及他的童年回忆，天南地北，杂而有章。他的笔下，从戏曲名角儿一直到文坛名家如邓友梅、余秋雨，从二人转到“叹五更”……从出版一套四本城北主题散文：《旧都新写》《品味苏杭》《生命秋天》《无糖岁月》，到在《澳门日报》上开设专栏《品戏斋杂谈》……他说要以个人经历写成《流浪三部曲》来收尾，可惜作品没有收尾，他就已离世。他们这代人懂得多，会得杂，见过真神，自然能留下些学问和玩意儿。

像徐城北这般拥有如此丰富的知识和阅历的学者，和学者所期待的戏曲好角儿一样，都少了。

大佬：最早主持北京城改造的人

鸭子 6 元　油鸡 2 元 4 角

大鲫鱼三条 1 元　海参 8 角 5 分

海蜇 6 角 4 分　猪肉 2 元

鸡子二个 2 角 6 分　冬笋 4 角

薏仁米 3 角　莲子 2 角 6 分

江米 3 角 6 分　木耳 1 角 5 分

发菜 3 角　白果 1 角

腐竹 3 角　干贝 3 角 5 分

栗子 2 角　南荠 1 角 5 分

鸭肝 4 角　油酒 1 元 4 角

江米酒、江米面、橘子四个共 1 元 9 角 4 分

黄酒一斤 8 角

以上是在朱启钤的《存素堂账目》中曾记载的一单置办家宴时的菜谱，年代已不可考。菜谱中的薏仁米、鸭肝、白果等，多是不常吃的食材，而冬笋、莲子、栗子、南荠、橘子、黄酒等，又有古代

名士的风雅。清末民初时，有几大家的菜比较知名，有“段家菜”“任家菜”“王家菜”“大帅菜”“朱家菜”等，段家是段祺瑞，任家是任国华，王家是王克敏，大帅是李鸿章，而朱家，则是朱启钤，内敛典雅，不求奢华。

朱启钤（1872—1964年），大人物。字桂辛，晚年号蠖公，人们称他桂老，高寿93岁。为“五朝元老”：晚清、北洋政府、国民党政府、日伪时期、新中国。身兼“数家”：政治家、社会活动家、建筑学家、实业家、工艺美术家。他最高官职做到北洋政府代理总理，曾因支持袁世凯而遭受通缉，也曾在新中国成立后受到尊重。梁思成和林徽因夫妻俩因考察古建筑而名声大噪，而这个考察古建筑的组织——营造学社，便是朱启钤发起的，他是幕后真正的主持人。

交通系的大佬

朱启钤的籍贯是贵州开州（今开阳），出生于河南信阳，据家谱记载，他祖上是从江西婺源茶苑迁到贵州的。父亲叫朱庆墉，师从贵州的名儒傅寿彤，并娶了傅寿彤的女儿。傅寿彤是清朝咸丰三年（公元1853年）的进士，翰林院庶吉士，因军功被授以检讨的职位，后官至河南按察使。朱庆墉一家人就投奔老丈人去了。朱启钤三岁时，父亲回贵州乡试，不幸溺水而亡。朱启钤被姥爷傅寿彤抚养着，并随母亲去湖南长沙，开始读书。他的姨夫是逊清军机大臣瞿鸿禨。瞿鸿禨在四川做官时，把23岁的朱启钤带在身边。他如同旧式的文人一样，入了瞿鸿禨的幕府，负责水政、交通等实务，多是去疏通水路、炸掉礁石之类。他十分敬业，做事迅速、细致。身为实干家，这些都是小试锋芒。

后来，瞿鸿禨和张百熙一起受到荣禄的提拔去了北京。与瞿鸿禨暗斗不休的袁世凯为了牵制政敌，也一直在重用朱启钤，使他夹在总统和姨夫之间左右两难。不过袁世凯不是做事很绝的人，瞿鸿禨倒台了，他也就不当回事了。等袁世凯倒台后，他还被作为“袁党”受到通缉。徐世昌仍重用他。朱启钤过人的实业能力，使得他做了交通总长。

朱启钤被后世诟病的地方在于，袁世凯要当皇帝，而当皇帝就要有龙袍，当时张勋从上海花五百大洋给袁世凯定制了一套，袁世凯觉得不好，彼时朱启钤是洪宪皇帝登基大典筹备处处长，他向瑞蚨祥定制了两袭价值四十万的龙袍，把张勋的比没了。朱启钤一如既往地敬业，为此吃了瓜落儿。

重整北京城

在北京，朱启钤管理过译学馆、京师大学堂、警察厅等机构。用现在的话来说，是做过北京市警察局局长，且创立了新式的警察制度。当时的警察要管安全、交通、消防、卫生、社保、救济……什么都管。他还兼任京城习艺所的总监，习艺所负责犯人和盲流的再就业培训，是十分人道的新政。给习艺所拨来的米是被火烧过的次等米，为此朱启钤上了咨文，要求给好米，表示不能将犯人和盲流当次等公民对待。

朱启钤经常去视察，了解北京的大街小巷，对于北京城怎么设计的、水路怎么走的，他都懂。在清朝，北京城的东城区和西城区几乎隔绝。要从东边到西边，前门那里有瓮城过不去；东单牌楼到西单牌楼是不能直接走的，长安街上的天安门还不是广场，是千步廊；五四大街到北海前门上的金鳌玉蝀桥也不能走，因为北海和中南海都是皇家禁地；平安大街上是皇城城根，也不能走；只能走前门外、地安门外或钻胡同，很不方便。

朱启钤要好好修整一下北京城，当时前门一带交通堵塞十分严重，为此他主张拆掉前门的瓮城，这一主张得到了袁世凯的批准，还做了一把很大的银制镐头（也可叫斧子），是硬木的把儿，上面写着“内务朱总长启钤奉大总统命令修改正阳门，朱总长爰于一千九百一十五年六月十六日用此器拆去旧城第一砖，俾交通永便”。他用这把镐头主持了开工仪式，打通了前三门大街，并修建了北京的环城铁路；他拆了一部分千步廊，保留了长安左门、长安右门和中华门，填平了南池子、北池子、南河沿，在路口修了拱门并提了字；又修了王府井大街。

借此机会，朱启钤重新装修了前门箭楼，他采用了德国建筑师罗斯凯格尔的设计方案，把箭楼上增加了汉白玉的栏杆和华盖，箭楼的窗子上增加了弧形的遮盖。以前箭楼上窗子总共是 86 孔，朱启钤给侧后面两侧各开了 4 个箭窗孔，一共变成 94 孔了。他还把前门大栅栏改成了单行道，从大栅栏进，从珠宝市出，有一次是肃亲王善耆的福晋违法，也被罚款。这件事在时任北京外城巡警总厅佥事许世英的回忆录和曹聚仁的《听涛室人物谭・悼念朱启钤老人》中都记载过，可谓是开了中国现代化城市法规的先河。

由于这项政绩，朱启钤当了交通总长，主管全国的交通。也有种说法是此先河一开，导致北京古城被拆除殆尽，但其实朱启钤是反对把北京整个拆掉的。新中国成立以后，中央人民政府扩建天安门广场，朱启钤特意提出，周边不要修建高于天安门城楼的建筑，可以拆花墙但不要拆三座门，天安门前西边的华表在庚子年时被打坏过，底座是用钢箍加固的，移动时要特别注意保护等。他竟连这些细节，都替后人想到了。

再有就是把社稷坛改为了北京第一个公园——中山公园（时名中央公园）。公园是由董事会去经营，并建造了来今雨轩。当时建造公园是没有钱的，朱启钤四处活动，向社会募捐，第一次募捐得到 4.2 万余元，并在 1914 年 10 月 10 日建成公园向民众开放。朱启钤写了篇《中央公园记》，请名流孟锡珏手书，勒石立碑于公园门口，可惜这块石碑毁于“文革”。他也把北京的天坛、先农坛、文庙、国子监、黄寺、雍和宫、北海、景山、颐和园、玉泉山、汤山等名胜古迹修葺保护，之后向民众开放，此外他还在承德的避暑山庄建立第一所博物馆古物陈列所，收藏文物 20 余万件等。

这人真是少有的实干家。

营造学社的幕后总督

朱启钤辞去政界的职务后，越发感到中国古建筑保护和承传的重要。清代的皇家建筑，多是样式雷家族所修建的。民国以来，样式雷没了生计，开始变卖皇家建筑的设计图稿。朱启钤知道后，联系北平图书馆、中法大学等机构去买，买着买着就买不起了，被私人收藏家和外国人买走了不少，还有一部分留在样式雷家里，后毁于“文革”。万幸的是，大多数图稿还是留下来了。因此，他私人出资，于 1930 年创办了中国营造学社。

朱启钤在《营造学社开会词》里写道：“……研求营造学，非通全部文化史不可。而欲通文化史，非研求实质之营造不可。”成立营造学社，不仅仅是为了保存史料，更是要借此将中国文化的历史梳理一下。梳理各个学科的历史，是“纵剖”；在各个地域之间横跨着研究，是“横断”，纵横之间要结合起来。

朱启钤召集了好多人，有建筑师杨廷宝、赵深，史学家陈垣、瞿兑之（瞿鸿禨之子、朱启钤表弟），地质学家李四光，考古学家李济，建筑学家梁思成、林徽因夫妇等。当时，王世襄是助理，罗哲文是绘图员，后来他们都成了文物大家。大多数时间，营造学社的办公地点，就是在朱启钤北京的私宅。

抗战期间，营造学社迁往西南，在四川、云南等地艰难地开展工作。当北平沦陷后，朱启钤担心无情的战争会毁掉这座八百年的古都，他特意请了梁思成的学生张镈把北平的主要建筑一一测绘（张镈参加了天安门广场的设计，这是后话）。

营造学社硬挺了十余年，于 1946 年并入清华大学建筑系，其全盛时期不过七年半，时间不长，学术成就巨大。看朱启钤所写的营造学社 1932 年上半年工作报告，“实物调查”有：宝坻广济寺三大士殿，北平智化寺，杭州六和塔之雕刻；“古建筑之修葺计划”有：北平故宫文渊阁，北平内城东南角楼，故宫南薰殿；“古籍之整理”有：《工程做法则例》《营造法式》，姚氏《营造法原》之整理，刊行《梓人遗制》；“史料文献之搜集”有：《明北京宫苑图考》《哲匠录》《中国建筑史料》……其中的宋代李诫的《营造法式》，是朱启钤于 1919 年在江南图书馆意外发现的，随后整理刊刻，并成为营造学社这一名字的由来。

营造学社一共走访了 11 个省份，一百多个县，测量了几千座古建筑。他们出去考察，每到一地，都是兴师动众，人员众多，几乎要将整个村都包下来，人吃马喂的，开销巨大。当时每个人都恨不得有莱卡那样的高级相机，都希望照片拍摄可以不计算胶卷，而这很难做到。朱启钤耗尽了家财，甚至靠变卖文物维系营造学社。这些资料最后都给了清华大学的建筑系，梁思成、林徽因得以到建筑系做教授，也是因为这批资料。

1949年前夕，朱启钤寓居上海，章士钊给他写信，劝他参加政协。朱启钤还是中兴轮船公司的董事长，在新中国刚一成立，他把公司里已到了香港的九条轮船，招回来献给国家，支持海运，同时将自己的56件文物捐献国家。这56件文物来自明朝的岐阳王——朱元璋的外甥李文忠的世家，有朱元璋的手迹、张三丰的画像等，十分罕见。

关于“赵四风流朱五狂”

朱启钤为人严肃而本分，他不抽大烟、不赌博、不纳妾、不苟言笑，宴饮娱乐很有节制，但他子女众多，且又是社会上风姿艳丽的名流，保不齐落入小报记者之手了。

朱启钤与原配夫人陈光玑、继室夫人于宝珊共生了五子十女，女儿中成人了八个，号称“八凤”。“八凤”之中，最为出名的是朱三小姐和朱五小姐。三小姐先嫁给了一位毛先生，离婚后又和福建人严南璋结婚；五小姐嫁了张学良副官朱光沐。朱三小姐长得太漂亮了，追求者甚多，她出了个办法，谁能跑步追上她的汽车她就嫁给谁，然后就见大街上，她开着车在前面跑，一大群男人在大街上追着她的车飞跑，一个姓毛的人最终抱得美人归。上海的《时报》为此登了一首讽刺朱三小姐的竹枝词：

欲把东亚变西欧，
到处闻人说自由。
一辆汽车灯市口，
朱三小姐出风头。

朱启钤因此受到了舆论批评，而朱三小姐的婚姻也不幸福。她的出名是因为结婚离婚，她跟那位姓毛的“飞毛腿”结婚一年就离婚了。

而朱五小姐，是被马君武写进诗中了。1931 年 11 月 20 日，上海《时事新报》登了广西大学校长马君武的打油诗，题目叫《马君武感时近作》：

赵四风流朱五狂，
翩翩蝴蝶最当行。
温柔乡是英雄冢，
哪管东师入沈阳。

赵四是赵四小姐，朱五是朱五小姐。朱五小姐美貌，夫婿是张学良副官朱光沐。朱光沐北大毕业，官做得不小，夫妇俩对时局一点也不糊涂。马君武骂张学良不抵抗，朱五小姐跟着躺着中枪。在一次宴会上，朱五小姐特意去见了马君武，直接说：“我就是朱五。”马君武为此很尴尬。

新中国成立以后，朱五小姐去了香港，周总理三次到过东四八条的朱家，通过朱家亲戚给身陷囹圄的张学良传话，由此可知朱家是没少做统战工作。

北洋实干家

受清末实业派的影响，朱启钤重文学辞章，更重实际工作。直到晚年，他仍每天看好几种报纸，并提出内参的字号要大，要让老先生们都能看。他见了周总理，第一句话就是“苏联的卫星上了天”，随后又表达了对文字改革和火葬的不解。后代中有学文艺的，他并不以为然。

朱启钤留下的著作，有《蠖园文存》《存素堂丝绣录》《女红传征略》《丝绣笔记》《芋香录诗》《清内府藏缂丝书画录》《清内府刺绣书画考》《漆书》等，都是讲究实务的。朱启钤擅长借助各方势力做成自己想做的事。张謇办了实业，可毕竟以南通为主，最终破产；荣德生、范旭东、卢作孚等实业办得很成功，但没做过官；退出政坛而兴办实业的成功者，非朱启钤莫属了。胡适在 1922 年 8 月 5 日的日记中写了一段话，是他对朱启钤的充分肯定：“他（朱启钤）是近十年内的第一个能吏，勤于所事；现在他办中兴公司，每日按时到办公室，从不误事。交通系的重要分子，以天资的聪明论，自然要推叶恭绰；以办事的真才论，没有可以比朱启钤的。”

朱启钤在天津、北戴河都有宅子，他在北京的旧居也有两处，一处位于赵堂子胡同，另一处位于东四八条。赵堂子这处是由一条贯穿南北的走廊分成东西两部，和传统四合院一点也不一样，是朱启钤自己设计的——这样的布局绝无仅有，只此一家。抗战胜利后，这座宅院被征用，朱家只得搬入东四八条。东四八条这处，后院住的就是他相处六十年的老友章士钊。这老哥儿俩互相串串门，在满院的花草中闲话叙旧，定是别有一番感触了。朱启钤去世后葬在了八宝山革命公墓，但他生前曾选择北戴河莲峰山的朱家坟（朱家家族墓）作为自己的墓地，如今朱家坟是衣冠冢，立了朱启钤铜像。

回看历史，朱启钤堪称一代完人，他在历史需要时登场，在该安享晚年时退场，除了早年的政见，没有什么被人诟病之处。做人、做官、做事业，都干到这个程度，没得挑。

还乡：叶嘉莹的旧京诗意

“掬水月在手，弄花香满衣”，是出自唐代诗人于良史的《春山夜月》；“掬水月在手”一句，作为反映叶嘉莹一生的纪录片名字再合适不过了。

《掬水月在手》这部纪录片是由叶嘉莹亲自出镜，利用各个时期的史料，讲述了她一生的经历。叶嘉莹还有一本《红蕖留梦》，可以作为补充读物。她是新文化运动以后的旧体诗人，也有点像洋派儿的、有文化的旗人家的大姑奶奶，起码她的婆婆真是大姑奶奶，早上起来见了她就问：“怎么不化妆啊，这是给谁穿孝呢？”过去旗人家的大姑奶奶挺难伺候的，性格捉摸不定，尤其是大大咧咧惯了的人最不习惯这路老太太，因为你不知道她对哪不满意。这路老太太挑起眼来是真挑，损起人来是真损，可待你好是真好。

叶嘉莹在每一个人生选择上，都尽力地做出了损失最小的人生抉择，她去中国台湾、去美国、去加拿大，回北京。她一生四处奔波劳碌，但最终叶落归根。叶嘉莹还乡之旅充满波折，但比起那些没有回来的人，她已经幸运得多。

辅仁大学的掌故，与故都的秋

叶嘉莹毕业于辅仁大学，当时学校分成东西两个校区——东校区是恭王府的花园，西校区是涛贝勒府的马厩、花园。学校赶不上清华、北大和燕大，但学费还不便宜。

辅仁大学有着众多的掌故和段子。辅仁大学西院是男生校区，东院是女生校区。恭王府的墙根有一条小河沟，那河上有座小桥，是内外校的男生对辅仁大学的女生围追堵截的地方，也是送辅仁女生回宿舍的终点，不知在这座桥上发生过多少浪漫的情事。而辅仁大学是有着陈垣、余嘉锡、顾随等先生的旧学重镇。在恭王府里，曾有旧王孙儒二爷（溥心畬）、僡三爷（溥僡）组织着的诗社，每逢海棠花开之际，溥心畬执笔山水之后，还随手操起三弦，打着八角鼓，唱上几句八旗子弟辉煌时的曲词。

辅仁女生是京城一景，新潮而开放，有的女生骑车时会把旗袍的下摆挽到大腿上，晃得什刹海周边的老少爷们满眼都是白白的腿。她们不是过去府里的大小姐，更不是什么上海名媛，因为她们本身没什么自我高贵的观念，仿佛一切本该如此，只是生活水平高一点罢了。她们深层次里有点自我意识，只是干爱干的事，读想读的书。而一旦正襟危坐，则不让古人了。

叶嘉莹早期的诗词，便是她从新潮女生回归旗人家大姑奶奶的见证吧。

叶嘉莹的诗，早年写得好；早年的诗里，写旧京的写得好；

在写旧京里，写故都之秋写得最好。故都之秋有很多独特的意象供人品味，冷风、落叶、怀古，一如残破的亭台楼阁。她化用古人的词汇写霜、写柳，写肃杀之气，企图创造出新的意境来。早期的诗多写自家庭院与旧京四季的微尘：《过什刹海偶占》《除夕守岁》《故都怀古十咏有序》《闻蟋蟀》《冬至日与在昭等后海踏雪而作》……再有的是描述内心伤感，令同样饱受乱离之苦的人共情，世间只有这些属于她自己。如这首作于1941年秋的《过什刹海偶占》，那时候什刹海的岸边斜坡，没有现在的栅栏，一派荒野之气：

一抹寒烟笼野塘，四围垂柳带斜阳。
于今柳外西风满，谁忆当年歌舞场。

旧京的秋日与其他地方的味儿都不一样，不是那么单纯的萧瑟秋风，而是在衰草斜阳的壮丽之间有股热烈的狂欢。马号的门一开，十几岁的少年郎们就骑着马、架着鹰去西山里围猎，哒哒的马蹄声沿着什刹海边奔了西直门。人们一想到贴秋膘，便黄酒与白酒共举，于是玉渊潭中便传来了烤肉的香味儿。北京人热爱漫天大雪的冬日，把紫檀盖象牙口的蝈蝈葫芦往热茶壶边上一靠，便是人间大雅，听那秋虫的鸣叫。

秋日里写诗，那是元明清以来旧京的传统。如查慎行、李东阳、渔洋山人还有龚自珍的诗，纳兰性德的词，袁宏道的《满井游记》《高梁桥游记》，翁同龢、李越缦的日记，民国时傅增湘、夏仁虎、张伯英等的诗，瞿兑之的《燕都览古诗话》……从《长生殿·惊变》中的“天淡云闲，列长空数行新雁”，再到纳兰性德的“谁念西风独自凉”，一代代寓居北京的江南士子或以此为故乡的八旗子弟，都不断地描述旧京的风物与秋意，一直到旧王孙溥心畬为最后的高峰。而这类作品历来的评价，是认为其格调远不如唐宋时的高古，其实这是回归日常，不写天上写地上，不写远处写身边。

民国以来新旧文学长期并存，四九城中，有更多的人在写旧体诗、章回体小说、文言骈散文、京剧、曲艺甚至杂剧。落魄、闲散的文人们组成漫社、赓社、蛰园诗社等若干诗社，这是旧式的社交，也是潜在的政治力量。无论是布衣学子还是下了台的满汉重臣，都会定期雅集唱和一番。因此，旧体诗词才是叶嘉莹的思维和言说方式，日常的吐槽、唠叨、碎碎念、调侃、讲段子、嬉笑怒骂等，全都付诸诗词，无关乎什么发表、稿费和评职称。读书识字，哪有不作诗的呢？如果说住在恭王府里的溥心畬有王帽之象，叶嘉莹则更多了几分旧式女史外加辅仁女生那种旧道德、新思想的青春。

叶嘉莹的诗文有点杜甫、李商隐的影子，但同时又充满了女性视角和思维，一看就知道是女性写的。“细雨青灯伴夜凉”，这说的是秋天了，把凉席撤了，晚上要加衣服吧。“流莺啼未已，蟋蟀鸣空堂”能看出对“感时花溅泪，恨别鸟惊心”的深层借鉴。“晚日登高楼，极目眺夕晖”是对“向晚意不适，驱车登古原”的暗含。她迷恋杜甫和李商隐，因为这两位诗人最复杂，最难以概括。最为乘风破浪的是，她于 1944 年秋所作的《晚秋杂诗》五首，并与顾随先生的原韵两番唱和。

另有的是叶嘉莹有旧京诗史的一面，她的《故都怀古十咏有序》写了 20 世纪 40 年代的瀛台、太液池、文丞相祠、于少保祠、颐和园、三忠祠、蒯文通坟、将台、黄金台、卢沟桥，现今北京的金台路、将台路等早已变得高楼林立，毫无当时的风貌。特别是她居然写了蒯文通坟——蒯文通就是汉代辩才无双的蒯彻，京剧《淮河营》里的主角。据《帝京景物略》载，蒯彻的墓在广渠门外北八里庄南坡上，早已踪迹不见，也很少有相关的考证，真想在他墓前唱一段“此时间不可闹笑话”。

旧京繁华已逝，诗中的旧京之美也不复于世，哪怕它只是竹枝词或顺口溜。什刹海开满了酒吧搞起了胡同游，人都乌泱乌泱的，彻夜的鬼哭狼嚎，“一抹寒烟笼野塘，四围垂柳带斜阳”的况味，已然寻觅不到了。

叶嘉莹后来于中国台湾、北美等地创作，有试图重新回到杜甫与李义山的诗风的一面，这从她的《秋兴八首》和重点讲说陶渊明的诗中可见。她首先是一位诗人，学术是她的探索与辅助，讲座则是为了心愿与现实。

离家：命越苦，诗越工

叶嘉莹是位记忆力惊人的名师，她喜欢从情感上反复琢磨感悟诗词，而不仅仅是从史料堆中去考据。她对古诗词爱得任性且自我，讲诗词已是到了不管场子的大小，先讲给自己听。在接受采访时，她会随口问采访者一些古诗词，搞得采访者像是在应试，而她对自己所讲的能起到什么作用，却并不乐观。但正是这种任性和自我，使她熬过了难熬的岁月。谁都想按自己的意愿活着，可为了这种意愿，要先解决了生计问题，受上几十年的乱离之苦再说。

所有经历过“大江大海一九四九”局面的大陆赴台客，每天醒来都会面对叶嘉莹这样的问题，这仿佛是一个出租司机早晨醒来就要面对当天的车份儿钱：

> 我不是台湾人，因为我生在大陆；但现在大陆我回不去，台湾又不容我；因此我先去了美国，后定居加拿大；但北美不是我的家，我的家乡还有老城墙。

纪录片用他人讲述的手法，透露了一点叶先生的难言之苦——她面临的三次打击，和那个非常不愿意谈及的丈夫。第一次是 1941 年母亲因赴天津手术失败而去世；第三次是 1976 年大女儿及女婿因车祸离世；而第二次，就是那位不靠谱的丈夫，她在回忆录中说："我所遇到的是一个完全无法理喻的人，是你们一般人所难以想象出来的一种人。"丈夫白色恐怖时曾入狱，后来因为长期没有工作且变得日渐乖张。在叶嘉莹生育头胎时不作为，且重男轻女。但现实的问题，是丈夫一生都要由叶嘉莹来扶持和供养。在纪录片中，她提起她的丈夫，便说："唉，那个人啊……"这是过去的人常见的方式，是在为他人隐讳，而不揭他人之丑，即便那个人对自己有伤害。这对看重家庭的女人来说，是多么致命的打击。但她都将其寄托付诸诗词。她在《哭女诗》其一中写道：

> 平生几度有颜开，风雨一世逼人来。
> 迟暮天公仍罚我，不令欢笑但余哀。

"风雨一世逼人来""迟暮天公仍罚我"，一"逼"一"罚"，道尽人生的被迫，风雨是逼着人来的，不是你劝天公重抖擞，而是天公要罚你了，你没地方躲避风雨。也许是恩师顾随先生的教导——“要以悲观的彻悟，乐观地去工作去生活”，以及现实的委屈，使得叶嘉莹在诗歌理论中谈起了“弱德之美”。

命越苦，诗越工。

苦尽了，还未必甘来。

过去的人坚信自己靠近了真理，因此便好为人师，用现在的话说，叫“价值观输出”。现在价值观多元了，年轻人最不愿意接受价值观输出——你以为的“真理”只是你以为的，不是我以为的，不学古诗词也一样活着，没准还过得更好。叶嘉莹认为学古诗词是绝对真理，是宇宙大道，她靠着这种信念忙了一辈子。因此，她人过中年终于从国外回来做她想做的事，因为再晚就来不及了。

察院胡同的小荷子，和她的草原之旅

叶嘉莹的小名叫小荷子，这令我想起《城南旧事》里的小英子。这种给孩子起乳名的方式一直延续到我的父辈。也许只有回到老宅，她才是察院胡同里的小荷子。

察院胡同以前叫按察院胡同，位于长安街路南，在民族文化宫的斜对面，在明代为巡按察院衙署所在地，故称为“巡按察院”，简称“察院”。胡同东口斜对面曾有个北京读书人的地标——三味书屋，里面卖不少好书，还举办过很多次文化讲座，人挤得满满的。

察院胡同是在 2003 年至 2006 年陆续拆迁的，我曾随着朋友们去拍照片，以企图留下点最后的影像。胡同的 28 号院，是一位毕业于燕京大学的傅奶奶家，院子里有个小巧精致的月亮门，种着杏树等果树，家里还有古色古香的旧家具。傅奶奶已经90多岁，曾担任北京戏曲学校语文老师，每天就是放飞自我地写字、画画，想干什么就干什么，洒脱中暗含着对年华逝去的担忧，和对胡同即将拆迁的惋惜。朋友们多次探望她，可结局不用说也知道，没过几年傅家的宅院连同附近的文昌胡同、受水河胡同等叶嘉莹成长的场域都拆掉了，改成了金融街的楼群，傅奶奶又过了几年后也去世了。

而胡同里23号是叶嘉莹的家，原本提案是要保护的，但现实是被拆得更早了一点，在2003年前后就拆了。院子里搭上小厨房，还显得宽敞、规矩，能看出旧式的模样来。叶嘉莹家的官称首先是叶大夫家——她的伯父叶廷乂是位名中医，就在正房中坐堂，时常有人来看病、抓药、改方子。这位伯父喜欢藏书和作诗，叶嘉莹从小可以拿着元大德年间版的《辛稼轩词集》看，辅仁大学的师生也来她家借书。从小在满是石榴树、夹竹桃和大荷花缸的家里写字画画，跟母亲学做旗袍、盘扣子，而她本人于1948年离开这座故宅，至今数十年矣。有时觉得叶嘉莹像王国维或老舍，都是天生的悲观主义者，最是人间留不住，朱颜辞镜花辞树。

现实中看得见的故乡没有了，便开始寻找精神上的故乡。叶嘉莹是叶赫那拉氏，即叶赫部落的纳兰氏族，也写作纳兰氏、纳喇氏，还有念成叶赫 nēlē 的。她开始草原寻根之旅。她70岁以后，曾经多次去内蒙古草原旅行，到达叶赫古城的遗址。也许有人会问她：“风吹早低见牛羊，干卿何事？”她对比还是用诗词做了回答。2005年，她写了《随席慕蓉女士至内蒙作原乡之旅口占十绝》，其二为：

余年老去始能狂，一世飘零敢自伤。

已是故家平毁后，却来万里觅原乡。

老了，到了感慨一世飘零的年纪了。

现在最迫切的是赶紧采访叶嘉莹关于老北京多方面的回忆，赶紧从她的诗作中辑录出一部《叶嘉莹咏旧京》来并加以考释、笺注。作为蒙古八旗的后裔，叶嘉莹的诗词应该编入《八旗文经》《长白诗介》《白山词介》《人海诗区》等汇编中，但现在没有人来编续集，她的诗也放不到应有的位置上。

旧京的风貌有一天终将消亡，只能剩下描写旧京的诗文。

城墙和胡同都拆了，叶嘉莹所描写的“斜日依山树影长，畏吾村（魏公村）畔柳千行”的景致不在了，读者也不需要这样的文学了。王国维说一代有一代之文学，古诗词如今已从大众的第一文体，退回到个人的休闲娱乐。

时代终究需要叶嘉莹，一个文化大国要有这样几位出身文化世家、受过民国时的教育，已有八九十岁，仍然活跃于文化界的老先生供在庙堂之上让大家来拜一拜。然而，从季羡林、启功、张中行，到杨绛、周有光、饶宗颐，这样的先生太少了。

叶嘉莹的一生似乎都在一边幻想着诗意的安居，一边艰难地找寻一个能安身立命的地方，一个去除物化，回归古典精神上的地方。古诗词是万能的，文人们哪怕被囚禁、被流放也能活下来。这便是《奥德赛》的一生，人类坚信能在诗歌中返乡。她还乡了，并把诗心落在了旧京的大地之上。

最后，我想引用溥心畬的《落叶诗》四首其一，来作为叶嘉莹那一代旧京读书人精神世界的描绘：

昔日千门万户开，愁闻落叶下金台。
寒生易水荆卿去，秋满江南庾信哀。
西苑花飞春已尽，上林树冷雁空来。
平明奉帚人头白，五柞宫前梦碧苔。

先生："东北版老舍"之单田芳

几年前，当一代评书名家单田芳老爷子驾鹤西游时，我便真觉得我的童年都结束了。

在评书演员中，他是劳模；在评书迷的心中，他是单爷；在普通听众心中，他是永不消失的那个麒派的嗓子。他的嗓音是模仿秀时的模仿对象，人们会学他的口音播报天气预报和解说足球。他把自己说成了文化符号，从 20 世纪 80 年代就大量出版评书，一度成为评书的代称，像郭德纲成了相声的代称一样。他曾把评书出成磁带，可按磁带录的时长和成本来算，听众再爱听也不可能买一箱回家，他为此也赔了不少钱，但他始终在经营公司。这位老人一生为什么那么拼命，他到底经历了什么？

单田芳的继承与创新

对于评书，单田芳与其他名家都不一样。在很多采访中，单爷曾说过他不想说书，但因病退学后只能选择了说书。他从小听书听得多、懂得多，但并未想登台去说书。他后来在李庆海、赵玉峰等前辈的传授下，加上家传的西河大鼓书，大量地继承改编评书。仿佛是金庸小说里无意中写了《九阴真经》的黄裳，无意中走到这个行当里，把别人的武功一网打尽。他最把杆儿的活儿是《明英烈》。传统的《明英烈》一般到打陈友谅为止，而后来的炮打庆功楼等片段，都是他根据历史和演义小说编创的，包括《明英烈》中的细节，元朝太师脱脱他说使用的是九凤朝阳刀，而京派评书的版本都是凤翅鎏金斧。

单爷说书的书目极广。袍带书能说《隋唐演义》和《明英烈》；短打书能说《三侠五义》《白眉大侠》《童林传》；神怪书能说《封神演义》《西游记》；新书能说《乱世枭雄》《百年风云》《千古功臣张学良》；而红色革命的书，说过《贺龙传奇》。他还说过民国武侠名家宫白羽的《十二金钱镖》《铁伞怪侠》，几乎无书不说，走数量路线——最了不得的，我还听过他说的一部《栾蒲包与丰泽园》，是根据一位当代作家的小说改编的，讲京城知名的饭馆丰泽园的经营史，也是创始人栾蒲包的发家史。一个开饭馆的，有什么故事可讲？可单爷照样说得津津有味，把一个某某要人来这里吃饭，而店家怎么准备布置，说得跟校军场比武夺帅印一样热闹。究其原因，单爷最会纂弄书道子（评书底本），他把不同的几个故事套子一拼接，就能编出一部新书来。一部《白眉大侠》以前不是接在《三侠五义》故事的后面，但他梳理了人物关系，把《三侠剑》的书道子挪到这里用，而到真说《三侠剑》时继续编新的。他能从徐良这一辈的侠客，说到各门各派祖师爷那里，前后能说出五六代人，最后出场的人物都有一百岁的老剑客。他说书里面的人名和绰号都疯了：铜金刚铁罗汉磨成大力佛欧阳普中、横推八百无对手轩辕重出武圣人于和于九莲……但每位剑客的形象、性格、武功、兵器、为人都十分鲜明，这足以令写小说的我羞愧。而这还不算完，他还给续了个《龙虎风云会》，几乎是白眉大侠的“同人小说”。

单爷的《隋唐演义》里好多人的出身和结局，和其他评书名家和小说都不一样，罗士信是在扬州战死的，秦琼的妻子是贾氏而不是通行的张氏，尤其他给秦琼配了一个特别长的绰号——马踏黄河两岸、锏打山东九州六府一百单八县、威震山东半天、孝母似专诸、交友赛孟尝、神拳太保、金锏大将秦琼秦叔宝。《童林传》是他根据《雍正剑侠图》的故事，自己编出来的一部书，与民国时评书名家常杰淼的著作，和后来李鑫荃的改编本都不一样。《乱世枭雄》里面，他说张作霖，让人头一回知道东北“胡子”（土匪）的形象，听他满嘴里“啪啪啪”的枪声，和“胡子”的黑话与做派。他结合了大量史料和传说，讲述张作霖枭雄的一生，还给其安了个红颜知己田小凤——这人物是全虚构，那时候张学良还在世，给年代这么近的人物加故事，能把人说得不挑眼，直让人想做点版本学考证。

单爷说的书、编的书太多了，自然有高下之分，这在同行中也是争议不断。但他有一点很了不起，即敢于否定和改动自己的作品。很多名家把一部书说火了，就当代表作立住了，以此为范本传下去。而他一部书火了但说得不满意——没事，咱推倒重来，再编一个，仿佛没有心理负担。同样的故事，能够有不同的理解，说出不同的变化，这是他无处不在的创新意识。

作为语言艺术家的单田芳

人们都说，相声是语言艺术，但我认为相声是表演艺术，而评书才是语言艺术。学者张卫东曾说：“说书人和读书人的祖师爷都是孔子。说书的不是艺人，是先生。”作为评书艺术家的单田芳，同样是大众语言大师，他是“东北版的老舍”。

单田芳的评书少用赞赋，节奏很快，讲述得清楚明白，如一竿子见底，把书给你说透了。特别是说给“书”听——大段曲折的故事，鲜明的人物，激烈的情节反转，而过去个别演员说得油了，会四处扯闲篇不把故事往前推，抻着说。单爷从来没有，动不动上来“哧楞楞”各拉刀剑，要拼个你死我活。“要杀动手，吃肉张口，杀剐存留，任凭自便”“噗”“啊——”“啪，脑袋被打了个万朵桃花开”的声音不绝于耳，还能学囊鼻子、小磕巴嘴儿、各地怯口方言（分山东、山西和南方）、小孩儿和妇人的声音，惟妙惟肖，听着过瘾痛快。

单爷说书带有东北口音，能说一些极形象的话：“坏得都流汤了，缺德带冒烟儿”“摇头晃屁股龇牙咧嘴神仙难躲一溜烟儿”“这小子嘴茬子够用”“吹牛吹得忽悠忽悠的”“吐你一脸花露水”“接茬儿追”……他还有大量的俗语、谚语、歇后语、俏皮话：“人比人得死，货比货得扔”“俩老钱买一碗狗血——横竖不是东西”……这都是来自他一辈子东北生活中的语言，从哪本教科书上都学不到。他的语言充满了历代格言和锦心绣口的民间语言。他有着化俗为雅的能耐。他说书不避俗，一般不带脏话，也不避讳在电台说书前播广告——说书人播广告也是传统，自从有了电台就这样。评书重在评，单爷的“评”，是街头巷尾的人生常谈，不谈高大上假大空的，就谈“露脸与现眼是斜对门”，劝听众多做好事多交朋友。

评书的内容都是活的，演员是在说评书，而不是背评书，“下次再说”的扣子可以拴在任何地方。但单爷倒很少用“欲知后事如何，且听下回分解”，他直接说到剧情的啃节上：“×××，你就着刀子吧。”直把人吓得什么都不想干了，就想先知道这人死没死——当然是没死，死了就没书了。单爷也这么说，他直接说书都是假的编的，尤其是神怪书，“广成子祭起法宝翻天印，疾——”，然后书中带言：“我说了您也别信”，但里面的人情世故是真的。

单爷每部书里都有个“书筋”——即能耐不大的搞笑人物。有道是：“书无筋不俏。”这类人物其貌不扬，能耐全无但坏水一肚子，运气超好，还串起了关键线索，没他不行。像《白眉大侠》里被徐良割了鼻子还认徐良为“干老”的细脖大头鬼房书安，《童林传》里的坏事包张旺；《七杰小五义》里的圣手秀士冯渊，《三侠剑》里的金头虎贾明，多是这类人物。还有一些是傻英雄、雷公崽子类的人物，他把这些人物说得很绝，一出场就让听众乐。

单爷的评书最感人的一点，是他擅长说人物的逆境与悲惨。但凡说到主人用英雄末路，受冻挨饿，挨打挨骂，或落入敌手遭到刑囚时，特别令人扎心。“单雄信是咬定钢牙，铁了心地不投降，谁劝都不听，谁来骂谁，一心求死。最后徐茂公说，好，那就成全你。三声追魂炮响，单雄信斗大的人头落地，秦琼这个哭啊……”“岳飞怎么样？那么大的英雄，在风波亭让人活活给勒死了。”“朱元璋炮打庆功楼，咚嗬……”每当听到这种片段，都让人窝心，而这些都带了单爷自己的阅历和感悟，他年轻时，有风光无限戴名牌手表的时候，也有倒霉被人把满嘴牙打掉的时候，更品出些人生苦短，世态炎凉。但他始终在讲做人的道理，在讲人间正道，忠臣孝子人人敬，乱党奸贼留骂名。那不走正道的贼人和小人，最后都没个好下场。可英雄和好人呢？多少也会命丧他方，“只见桃园三结义，哪个相交到白头”。人生米贵，居哪都不易。

大众到底需要怎样的文化

田连元是电视评书的开拓者，而单田芳是广播评书的集大成者。

广播评书最早出现在1937年，由连阔如开创，说《东汉演义》，由北平电台播出。那时电台是私人电台，都是直播没有录播，商人包时段请人来播音，同样是挣“贴片”广告的钱。而广告多由演员在说书前后、中间就顺带着播了，这在当时是新潮货。而从20世纪50年代开始，广播评书便已成了各地的固定节目了。广播不见演员，而单田芳的声音给人留以想象的空间，这是他的高明之处。他和年轻后辈郭德纲一样，懂得如何面对这个互联网组成的世界。民国以来，大量的传统武侠——评书文本得以连载于报纸，排版于铅字，多是大套的小本本，错漏甚多，也有大量盗版，多是地摊儿货，早就翻得前后皮都没了，瓤都烂了，可还有人读。直至20世纪50年代，除了京津，东北的小城市如鞍山、本溪、营口等地，都是遍地茶馆，有几百位演员在说书。而如今单田芳，以及袁阔成、刘兰芳、田连元等评书前辈的辉煌，都无法挽回评书的式微，因为年轻人接不上。这在刘兰芳看来，是由于大众有了更多的娱乐方式，这是好事，而评书还要推陈出新。单田芳生前在采访中也说过，“同行缺交流，后辈无继承”，“爹死娘嫁人，个人顾个人”。

一般以为，评书的底稿（话本、书道子）是中国古代长篇小说的雏形，而评书是古典小说的活态承传。大凡古代同一个故事，都在文人笔记、地方戏曲、话本小说、弹词、大鼓词中反复出现，一个故事来回改编。话本小说的版本不是最早的，但往往是流传最广的，它体量大、时间长，最针对大众，有很长的连续性，观众能过瘾，演员能赚钱。在这一点上，最近似的是电视剧（网剧）。现在，电视剧取代了长篇小说和评书的位置。

大众从听评书到看电视剧，这似乎是顺着历史的脉络，它们结构与功能近似，接续上纯属正常。那么大众到底需要怎样的文化？古代小说家给评书家编书道子，从福尔摩斯、哈利·波特到金庸小说都有评书，而现代小说（先锋小说）都不愿意给评书当底本了，是小说脱离了传统评书，还是评书衰落得少有创新？学者孙郁曾说，现代小说中“但精彩的部分，不脱平话之迹”，也提及民国知识分子曾广泛搜集民间语言，这是当代人所忽视的。对评书演员来说，把小说纂弄成评书，是把整部书消化了、拆散了，按照评书的规律重新组装，而不仅是沿着故事蹚着说，但如今这样下功夫的评书演员少了。

我们仿佛只在某某名人去世时，才有由头借机谈谈文化和童年记忆。随着现代化的加剧，生活中不会有人坐下来等话匣子里的评书，也很少有人会专程上网听某一段，而多是在出租车里伴听——有个声就得了。而从前的书茶馆是每天都开书，一天两场，分“白天”和“灯晚儿”两班，俩月算“一转儿”（一位说书先生必然要说满两个月），都是有固定的书客，说不好就没买卖。如今专程去书茶馆听书更是少见，一般多是几十人的书座，门票卖个三五十，演员与剧场劈账，演员之间劈账，演员难以靠说书过日子，也罕有金受申那样懂评书的“北京通”了。很多年轻的演员没有走红，仿佛是老前辈们把书都说尽了，没有给留足够的饭碗，而单田芳等评书前辈在二三十岁时早已红遍一方，中年后已红遍大江南北了。

这是时代给我们的考验——年轻的评书演员，能否再只凭一张嘴拴住观众呢？写小说的作家，能否再洛阳纸贵？为之疯狂了千百年的小说和评书，到底有怎样的魔力？这使我想起杨慎的《临江仙》，也是单爷常用的一首定场诗：

滚滚长江东逝水，浪花淘尽英雄。是非成败转头空，青山依旧在，几度夕阳红。

白发渔樵江渚上，惯看秋月春风。一壶浊酒喜相逢，古今多少事，都付笑谈中。

身份：有关金庸的文学三话

金庸先生去世几年了，我很怀念当初读他作品的年代。上高中时有一周我发烧请假在家，窝在家中床与桌子构成的犄角中，读完了他的《鹿鼎记》，那也许是人生中最幸福的一周。他是造梦者，让人在他制造的梦中永不醒来。但我后来才知道他为人民造梦的原因——为了言论平台，他创办了《明报》；为了增加销量，他写起了武侠小说。写武侠小说，是金庸先生为自己寻找的一条出路。

如今，大批作家不仅在影响力上无法和金庸先生等前辈作家相比，而且他们没有给自己的作品和人生找到出路。有人说，这个出路是影视和周边产品，用现在的话说叫“大 IP”。如果文学只有借助影视和周边产品才能产生大众影响，那就好比一位优秀的演员演戏没火，拍个广告却火了。今天，是一个 IP 版权卖出天价的时代，也是一个“无书可读”的时代。

出 路

中国香港有着众多身居二层或三层的私家小书店，在书店集中的地方举起相机一拍，能有三五家书店招牌入眼，狭小陡峭如老上海的楼梯，进屋后感觉如进酒吧，仿佛徒步穿越沙漠的人突然见到了绿洲。桃花源似的二楼书店恬静而安逸，任由窗外人来人往喧嚣不停，而这里却是永远的净土。本地的女学生带着黑边眼睛，一身白色的小套裙，白袜子黑皮鞋，小巧的身子和半长不短的披肩发，用离子烫拉得直直的或卷成小巧波浪的头发，单肩背着既不适合白领又不适合学生的棕色皮包，在书店的小说架子前痴读。

每个人都需要出路，文人的出路更隐蔽一些，每个时代给文人出路的宽窄都不一样。清末废除了科举，儒生便一时没了用处。而五四运动以后，新式教育和学校建立起来，北京大学等学校，聘请留洋归国的、年仅二十多岁的年轻人胡适等为教授，清末的宿儒则缺乏生计，末代状元刘春霖沦落到为人家点主（祭祀活动中，请名人用朱笔在灵牌上“主”字点上那一点的仪式）的地步。近年来，有大批的传统媒体濒临倒闭，文人便转到新媒体去写作，以继续自己的营生。我们这个时代的作家真的是不慕名利的，因为干别的行当来钱来得更快。作家哪怕是追求世俗的成功，也是为了让自己能更加自由地写作。

金庸早年曾以林欢为笔名担任《绝代佳人》（1953 年）、《不要离开我》（1955 年）、《小鸽子姑娘》（1957 年）、《兰花花》（1958 年）、《午夜琴声》（1959 年）等电影的编剧，并与人联合执导过《有女怀春》（1958 年）、《王老虎抢亲》（1960 年）等电影，与夏梦有了一段传说的情缘。他涉猎极广，著有《中国民间艺术漫谈》《论祖国问题》，译有《朝鲜血战内幕》《中国震撼着世界》等小册子；喜欢莎士比亚，熟读外国文学，作品中有英国文学讲故事的传统。他的小说里充满了西方名著、戏剧、电影的味道。他将武侠写得登堂入室，努力打破革命对武侠的偏见。

早在百年前，为了革命，我们把文学分成了严肃文学—纯文学和通俗文学—类型文学两大类，也将作家分成了两大阵营。这大阵营列队至今尚在。类型文学包括言情、武侠、侦探、推理、悬疑以及今日的职场小说，也包括网络文学中种种如种田文、玛丽苏文等新鲜的类型。这并不是由文学创作的难易程度来划分的。民国时还珠楼主的武侠小说，如四言诗一般典雅，通篇谈的是道家学术与各种典故，却是通俗文学；人人能读懂的“三红一创”，则是严肃文学。老舍、张恨水二位先生通俗、严肃程度差不多，文风也有近似之处，但老舍便是革命文学中的“鲁郭茅巴老曹”，而张恨水则成了鸳鸯蝴蝶派。是否属于纯文学和严肃文学，与作家和他的作品是否革命有关。

或许我们曾向往过像但丁时代那样的写作，但从狄更斯时代起，文学成了大众消费，作家成了文字内容供应商。作家渴望像狄更斯一样，在古老的英国伦敦下午三点，人们在街旁排起了长队来买报纸，仅仅是因为报纸上连载狄更斯的小说，渴望像狄更斯到美国一样，人们列队迎接，像迎接一位国王。我们能从狄更斯、大仲马，再到毛姆，梳理出一条既通俗又严肃的文脉，他们能写出有深度的好看故事，却始终被贴上通俗的标签，毛姆甚至长期被当作二流作家。在过去，像金庸这样敢于写武侠的作家都有藐视不善目光的勇气。

作家在满足了谋生以外，更渴望获得影响力与不朽，受到读者的爱戴。金庸曾于2003年7月在央视《新闻夜话》节目中说，希望自己的墓碑上写着：“这里躺着一个人，在20世纪、21世纪，他写过几十部武侠小说，这些小说为几亿人喜欢。”这是比任何不朽都狂傲的话。鲁迅因批判民族性而不朽，而金庸因重新讲述成人童话而不朽。他没有从事严肃文学创作，而是把严肃创作的精神用到了武侠小说中。原本难逃地摊文学命运的武侠小说，直至金庸手中才登上台面。

问题的本质不是纯文学与通俗文学之争，而是文学是否还负担大众娱乐。文学面对的是消费。现代视听艺术能够无限地复制传播，是机械复制时期的艺术作品。看上去光鲜好看，实则不一定有深度，正像我们的时代。艺术能被消费，就能被抛弃。目前看来，小巧的视听艺术（如短视频）能更好地消费，愿人们不要尽早抛弃它。类型小说和影视剧多少都有一定的套路，作家们无数次头撞南墙般地想打破这些套路，甚至发明一个只有自我的“神套路”。金庸没有打破套路，他选择去推进那个套路。对事物有推动发展者，方为大师。

身　份

世人评价金庸先生，往往会说他是武侠小说大师，同时也是政治家、社会活动家、记者、报人。是的，他不满足于只做武侠小说家。

我们不妨把金庸的身份整理为一个链条：武侠小说家—文学家—学者—商人—政治家。这些身份是从古至今人们渴望进身的台阶，一个人能做好其中一点，就足以名垂青史，而金庸做了这五重身份。身份的叠加会产生一加一大于二的效果。

金庸成了一代武侠小说大家，这是世界的幸事，也多少包括了他个人的遗憾，因为他除了武侠小说家以外，对另外四种身份“政治家、商人、学者、文学家”仍抱有或大或小的不满足。作为政治家，他曾遇到挫折；作为商人，他晚年对《明报》不满；作为学者，他在浙江大学当博导时并不愉快，后愤而到英国剑桥大学完成博士学业，但还是没有被认可成为历史学家；作为严肃的文学家，他想写历史小说，想写各种文学作品，却因身体欠佳而作罢。这几种身份从古至今隐含着一条由上至下的“鄙视链”：政治家—学者—戏曲小说家的降维鄙视。金庸也没有逃过这条“鄙视链”，有太多的人仅仅因为他写了武侠小说就骂他。这是金庸对自己身份尚不满足的原因。陈平原对此曾说：“查先生是个有政治抱负的小说家。”

同样有一位名家能比拟这种遗憾，那就是汪曾祺。汪曾祺是可以跟着唐兰研究古文字学或去研究历史学的。他的部分随笔显示出做考据学者的潜质。可是因为志趣，他更愿意做一位抒情的人道主义者。

作家写着写着就会发现，无论作家和作品再伟大，艺术的价值都要屈服于权力和资本，所谓骨气与操守，不过是被动的明哲保身。为此，作家不得不想着进入体制或者干脆开起公司，以将虎皮披在身上，更好地推广自己和作品。

1959 年，金庸在创办《明报》时，给深受好评的《射雕英雄传》写了续集《神雕侠侣》。1961 年的 7 月 6 日，《神雕侠侣》还有三天才连载完时，金庸已经开始连载《神雕侠侣》的续集

《倚天屠龙记》。也就是说，有三天的时间，这两部小说是同时连载的，这一切都为了经营《明报》而做。“左手写社评，右手写小说。”用笔写报刊连载小说不同于今天写连载网文，续集的创作比开个新作还要难。而就在这一时期，金庸于1966年创办了《明报月刊》，于1968年又创办了《明报周刊》，出刊周期越来越短，内容却越来越丰富，话题也越来越严肃，是足见其“立体经营”的能力，天知道他哪来那么多的时间和精力！

历史上有大批渴望治国安邦的政治家，落得以写戏曲、小说为生。明清文人考不中科举，又无产业可经营，学问又不足以到书院中安身立命，则会像蒲松龄一样沦落到乡村私塾，或编纂《某某记》的剧本，或撰写《某某演义》《某公案》《某刻拍案惊奇》。晚清时经学大家俞樾将《三侠五义》整理改编为《七侠五义》，也曾被看作礼崩乐坏。

文学批评家陈世骧在与金庸关于《天龙八部》的通信中曾说：“尝以为其精英之出，可与元剧之异军突起相比。既表天才，亦关世运。”陈世骧提出了元杂剧之异军突起。元朝统一中国后，某段时期科举暂停，大批有才能的读书人没有了出路，他们没机会做政治家和学者，无法像宋朝文人那样一边领着朝廷的高俸禄，一边写诗填词扮演超脱与优雅，于是他们成了元曲、元杂剧的作者。正如关汉卿无进身之阶，便直接粉墨登场，将人间世相化俗文雅，编成曲词传唱，直到唱出：“这不是水，这是二十年流不尽的英雄血。”

我不敢去看金庸作品的修订版，怕青春时的记忆随着故事的修改而抹杀。金庸没有必要为了避讳，去改掉尹志平的名字，也不必因为把青城派掌门余沧海写得不堪而道歉。

可后来，我明白为什么金庸要集中修改他的作品，除了文章传世还有其他：因为金庸不只想当个作家。他不满足于已有的身份，更想成为一个更丰富的、更完美的人。

扭曲的人

香港是古典的，大街上随处可见法定古迹。它是个“时间冰箱”，凝固了很多内地逝去的东西。它令人首先想起的不是现代化的高楼大厦，不是20世纪80年代的港片，而是老上海的五大歌后——周璇、龚秋霞、白光、李香兰、吴莺音（还有其他的版本，有的把张璐、白虹等也算上），还想起了众多的老歌星、老影星。

香港文化是老上海文化的延续，香港20世纪50年代的电影都是国语片，长城、邵氏、凤凰等影视公司中，邵氏有国语配音组。电影大师卜万苍、朱石麟等都在香港，徐訏、钱穆、饶宗颐都在香港执教、育人。看香港街头的招牌，广告用语还是民国时的风貌。这里有开得飞快的有轨电车、高耸的大厦和曲折狭窄的小马路，是拍老上海电影的好地方。以前北京前门外的大栅栏有很多老年间雕刻的商家用语，现在都看不到了，而香港还在用，连字体都是旧式的。

在金庸写作的年代，电视剧尚不发达，而金庸似乎是为电视剧而准备材料的作家。电视剧要看人物形象的设置、人物关系和人物命运的发展，金庸作品中的人设独特，人物关系较为扭曲，命运走向尤其令人揪心。一部数十集的电视剧本相当于好几部长篇小说的体量，如以金庸武侠小说一套数本的形式。他的作品适合改编，且改编了无数版本，捧红了一代代明星。他是有预见性的、能面向未来的作家。

鲁迅塑造了“阿Q”“孔乙己”“祥林嫂”，老舍塑造了“祥子”“虎妞”“大赤包”等，而金庸塑造的知名形象多达上百人。他写了太多现代社会中的人，那些人似乎只有在现代派的文学中才会出现。如果还按照传统小说、电视剧的模式来划分正反派，金庸小说中那些反派或配角多少都有些性格上的扭曲。男女主是基本正常的人，男女主的亲人、师徒等，会亦正亦邪，如黄药师。正反双方，正派是为情而痴，反派是为情而狂。无论是杨过、李莫愁、梅超风，还是岳不群、林平之、任我行、东方不败，都是因爱痴狂而变异。我们对反派恨不起来，叫他们“反派”，只是他们站到与主人公敌对的一方。他们的言行有其缘由。反观当下小说人物太正常了，甚至作家也活得太正常。我们根据少数服从多数的原则，给他们用命名戴上了标签和枷锁。所谓正常主流的人生，不过是人的标签化。正常人不过是空气。那些扭曲的人，他们真实、不伪装，离生命的本质更近。

那些非常态的武林高手，他们可能是金庸身边中的人，或者他想象出的人，甚至是他自己的某种人格。我们视忧郁症、精神分裂症、幻听幻视者、心理障碍者为异类，似乎只有在武侠小说中，他们才被人同情甚至喜爱。这些人来自生活，很可能满大街都能看见李莫愁，地铁里到处都能看见梅超风。

写作是为了犯忌。作家究竟是懂得了人生的扭曲才开始写作，还是在写作中成为一个扭曲的人，这因人而异。但每位创作者都有自己的生平简历，还有一个作品年表——犹如多了另一个人生。部分作家的生平简历一无是处，惨之又惨，只有回到作品年表中，才能找回他全部的尊严。

金庸是20世纪香港活跃的作家，金庸的文学是现代文学和当代文学的交接，他使我们看到一种登堂入室的武侠小说。时间是残酷的，它足以抹杀掉企图超越时间的文学。如果一位作家去世二十年后，还有人读他的书，可暂时认为他不朽。这二十年来，暂时不朽的作家是汪曾祺与王小波。我们会相信金庸的不朽。

是否有一天一提金庸，不再说是武侠小说大师，只说他是文学家？我想会有那一天的，我们会等到那一天的。

清平乐

七代：传奇谭家与百年京剧

尤记得多年前看的电影《西洋镜》，是讲谭鑫培拍电影《定军山》的故事。电影结局时在放映《定军山》的现场，只有电影影像而唱片声音太小听不见，此时剧中的谭鑫培现场配唱《定军山》，全场所有观众一起齐唱：“头通鼓，战饭造；二通鼓，紧战袍；三通鼓，刀出鞘；四通鼓，把兵交……”

人们到剧场中看戏，是希望能过更丰富的人生。英雄末路时听《卖马》，考试不利听《范进中举》，被渣男抛弃听《秦香莲》，被老婆家暴听《狮吼记》，都别有一番滋味。

很少有像京剧这样一种艺术如此雅俗共赏。活跃在舞台上有六百出戏，二百出俗的，二百出雅的，二百出半俗不雅的，您爱听哪个就听哪个。题材虽然永远是帝王将相、才子佳人，却因人都聚在了同一空间，看大活人现场表演，无论是达官贵人还是布衣草根，都能代入那个情绪，这也是一种空间艺术。

谭鑫培有着“伶界大王”之称，他接下来的几代人，每代人都有其艺术和为人的独到与可爱之处。从在汇文学校学外语，一生段子遍天下，吃喝玩乐无一不精的谭小培（官称叫谭三爷），到一嗓子能在天津中国大戏院上下响堂的谭富英，再到文武全才却坚决说自己不是艺术家的谭元寿。近二百年来，没有一个家族如“英秀堂谭家”一般，完整地贯穿了京剧发展史。从晚清、北洋政府、国民党时期到新中国成立，“文革”时期，到“文革”后恢复传统戏曲时期、改革开放、21 世纪新时期……每个时代都需要符合时代审美的名角儿。谭家人始终活跃于舞台中央，几乎每代都有一位谭派老生得到了顶流的认可，都对京剧有突出的贡献。谭家七代人像是一根糖葫芦串儿，戏迷们都以“谭五（代）”（谭元寿）、“谭六（代）”（谭孝曾）、“谭七（代）”（谭正岩）来称呼。

现而今，“谭五（代）”也去世了。

谭派传承与戏曲演变

从 1890 年起，谭鑫培在清宫里当供奉，慈禧太后无谭不欢。谭鑫培在宫里唱《失空斩》里的诸葛亮，有几步脚步走得特别好，展现出诸葛亮国之重臣的劲儿，几位王爷贝勒也想学，但怎么也走不出来，就问谭鑫培，谭鑫培说：“这是跟您几位爷平常走路时学的，给化用到戏里了。”这个故事不仅是说艺术来源于生活，更有些哲理在此——到底是生活模仿戏剧，还是戏剧模仿生活？

过去的娱乐以戏园子和妓院为主。梨园行是社会的一大缩影。现代人很难想象过去京剧的辉煌——过去唱京剧，晚上六点半开戏，唱到夜里十二点，一共要演六七出戏，这才留下如“开场”（头一场）、“压轴”（倒数第二出）、“大轴”（最后一出）这样的说法。梅兰芳这样的名角儿得晚上十点才登台。无论是从业者的数量、水平、上演剧目、剧场、剧团、班社的数量、戏曲文献数量等，都是我们想象不出的丰富。民众没有不听戏、不看戏的，京剧不算什么高深艺术，只算社会常识。毛主席喜欢高派，周总理喜欢程派，邓小平喜欢言派……都能唱几句。京剧世家非常多，承传了七代的人同样有，但像谭家这样每一代都是头路角儿的真不多。

京剧不是一日就形成的，它是从地方戏而来的，是从庙台艺术变为了剧场艺术，从室外乐变成了室内乐。早期的京剧保存着很多地方戏的特色，如高音大嗓，音色有点涩，很多唱腔都是直筒儿的。早期的流派包括孙菊仙的孙派，张二奎的奎派，汪桂芬的汪派，刘鸿声的刘派等，跟现在的京剧都不是一个味儿。“时尚黄腔（指京剧里的二黄）喊似雷，当年昆弋话无媒；而今特重余三胜，年少争传张二奎。”台词比较水，服饰不够美观，表演上也比较粗放。跑帘外演野台子戏时，很多临时现编的戏还是幕表制，没准词儿。

谭家第一代汉调演员谭志道从湖北进京，从票友到下海，从汉调改京剧的过程，也就是京剧逐渐形成的过程。以前的戏演起来都很长，谭鑫培删繁就简，精简场次和时间，降低调门，突出戏核儿。清末民国时有众多文人创作、改编京剧，真正大量改编京剧的首席改革家恰恰是谭鑫培。

刘鸿声唱“三斩一碰”调门很高，很受欢迎，谭鑫培为了干过他，改编了《珠帘寨》，用老生来唱原本是花脸的李克用，并加工里面的唱段，使之成为今天各大流派都唱的保留剧目。他多采取各门类艺术的精髓，能唱很多出昆曲戏、地方戏，甚至爱听曲艺并形成家风，谭鑫培、谭小培、谭富英都爱听刘宝全的大鼓，都是请刘宝全到自己家里来唱。谭鑫培的音色唯美，润喉悦耳，一改京剧的风格。当时有人评价他的唱腔是靡靡之音——“千秋兴亡谁管得，满城争唱叫天儿。”

谭鑫培偏于瘦小，他演《定军山》时把黄忠戴白满改为白三，把帅盔改为扎巾。不仅爱改，还修炼出各种“绝技”，唱《探母》杨四郎回宋营翻吊毛的过程中把马鞭飞出去，据说唱《问樵闹府》能把鞋子一下子甩到头顶上。

谭鑫培会令人想起电影《梅兰芳》里的十三燕，据说十三燕是以谭鑫培为人物原型的，片中十三燕的一句话十分震撼我：“咱们是下九流啊！”在一个唱戏是下九流的年代，谭鑫培始终在想着，怎么让自己和后代儿孙继续唱戏而不再是下九流。

梨园世家的形成最初受乐籍制度的影响。艺人世代不能从事其他行业，只能以世代演剧为生。雍正皇帝废除了乐籍以后，艺人才开始流动起来。家族承传是农耕文明的体现。以前社会发展没有那么快，都是聚族而居，人都多子，从里面挑个继承家业的还不容易？但在现代化社会中，人的自我意识越来越强，人也有了更多的选择，生育减少，家族承传越来越难。

还有种说法，父亲是名角儿，往往儿子不一定能成名角儿，因为人家不差钱没必要，父亲也没时间手把手地教；恰恰是当爹的自己没成名角儿，倒会寄希望于下一代。谭家所做的不只是让孩子成角儿，更是把自己的流派传承了下来。

谭小培爱吃爆肚儿、杏仁豆腐，爱滑冰，会开汽车。人们都说他有福气，从小父亲是名角儿，父亲去世了他又成名角儿了。有一幅漫画，是谭小培对着谭鑫培说：“你儿子不如我儿子。”对着谭富英说：“你父亲不如我父亲。”谭小培看过后也是哈哈一笑。其实，谭小培的唱腔十分规矩，像《南天门》这样的戏，别人唱都当开场，而他能当大轴唱。他在承传谭派艺术上有很重要的作用。

再往后，“四大须生”之一谭富英有“新谭派”之称，他嗓音天赋绝佳，又亮又冲，干板剁字，唱快板十分清晰带劲。学戏有时候就是一张窗户纸，一捅就破，不捅不破，它很多技法都是口传心授，手把手教的。生在梨园世家又是唱戏的材料，那么借助血亲和师承的关系，这位教两句，那位点拨点拨，自然会顺风顺水。谭家选择把谭富英送入富连成科班，用科班里的方式来教，没出科就唱红了。他与雪艳琴出演了京剧《四郎探母》的电影，这是电影史上第一部有声戏曲片。

谭富英的故事，是“三块三，叫小番”。京剧《四郎探母》中，杨四郎要回宋营前有一句“站立宫门叫——小——番——！”是句翻着唱的嘎调。有的演员不唱，观众希望以嗓子好著称的谭富英来唱。谭富英论嗓子没问题，可不知怎么地，面对天津观众时紧张过度，愣没唱上去，一下子遭了倒好。“通！”“三块三，叫小番呐！”谭富英为此特别道歉，重新接着唱。这次找了个方法，安排好“托儿”，一到这里就先叫好，谭富英也就唱上去了。天津观众奔走相告：“哎，谭富英（唱）上去了没？”“上去了。”

谭富英好静，喜欢看书，为人忠厚朴实且有戏德。新中国成立以后，北京市文化部门成立北京京剧团，组成马连良、谭富英、张君秋、裘盛戎“四大头牌”的演出阵容，马连良、谭富英分别为正副团长。都是四大须生之一，谭富英竟然给马连良跨刀演配角，在《群英会》里演鲁肃，在《赵氏孤儿》里演赵盾，这按理说是几乎不可能的事，但在那个年代就这么让了。据传，谭富英生前有过这么一句话：“我师哥（指马连良）压了我一辈子。”

“戏路”曲折谭元寿

在京剧《沙家浜》中，谭元寿作为主角的表演在举手投足之间，仍有些传统的谭味儿。样板戏集中了当时国内最为优秀的资源和人才，什么都是好的，人人都努力干，还组织出去长时间体验生活，可戏怎么唱不是角儿说了算，是领导说了算。让演员从传统戏转变成现代戏，要在文艺政策和指导的夹缝中创作，这是多么难办的事啊！

1949 年，解放战争进入尾声，北平面临着围城打仗，人心惶惶。没什么人看戏了，戏曲演员无以度日。谭家人只能以典当为生，将家存的古玩文物送进当铺。新中国成立后令戏曲界焕然一新，各大班社都重组唱戏。这时谭元寿与梅葆玖等名角儿唱戏，先后加入总政京剧团、北京京剧二团，并最终到了合并而成的北京京剧团。此时梨园界所面临的都是班社合并与公私合营。他正是自己该挑班的年纪，却没有条件单独挑班了。此时演员是国家的人，按照国家组织的院团里名角儿太多，这对观众是好事，但对年轻演员的发展并不利好。

20 世纪 80 年代，谭元寿终于能唱传统戏了。很多时候他不喜欢唱“段活儿”，京剧演唱会那种一人几分钟唱一段的，哪叫唱戏啊？票友唱“清音桌”，大家围坐在一起，打着家伙事儿把一出戏从头唱到尾，一点不少，连院子、扫边儿的词都带。专门有这样的大拿，所有的角色都会，没他唱不了的戏。谭元寿先生这代人，即便是唱片段，也勒上头扮上戏规规矩矩的，带着身段脚步，唱一段“我正在城楼观山景”。那时谭元寿唱戏才卖一块，唱《打金砖》身段繁多，加两毛卖一块二。谭元寿老唱《打金砖》，六十高龄仍然又摔又翻，叫好声恨不得把剧场屋顶掀掉。很多演员是文武偏重一方，唱文戏的身上“羊毛”，唱武的没嗓子，而像谭元寿这样文武全才的人不多了。谭鑫培、余叔岩、谭富英等的音配像，都是他配像的，年过七旬时照样按照原本的演法，亲自为父亲谭富英的戏“翻吊毛”。他自己唱的一版《战太平》，则是由他儿子谭孝曾来配的。

谭元寿受过完整的传统科班教育，从富连成里的“喜连富盛世元韵庆”八科来算，会八种且在世的老先生不多了。科班的教育和学校不同，科班练功苦，学得多，除了过年三天几乎不放假。科班里少有现代化的课程设置，练功累了一天再上点文化课，算不上多重视，谭元寿说，进科班以前学的《三字经》《百家姓》，出科后会的还是那些。尤其被我们所诟病的，是七年坐科如同七年大狱，科班里打学生，还得给班上效力，这一情况我们在电影《霸王别姬》中都看到过。

但不管怎样，科班学的戏多啊。看梅兰芳、杨小楼能演出的戏单，每人起码都能会四百出戏以上。朱家溍是故宫的研究员，身为票友还能演一百八十出戏。以后的名家会五十出已经不算少了。

那么，科班教育是怎么衰落的？表层原因是学戏的制度有了变化；深层原因是社会的供求关系发生了变化——没有那么多唱戏的地方和演出机会，学了也没用。

社会越多元，艺术家越难当

20世纪90年代，京剧确实衰落了一阵子，很多资深的戏迷都不大进剧场了，在家守着老唱片听；以前在公园里，四处都是胡琴声，后来到处都是红歌声。不能说是观众不懂行，也绝非演员一代不如一代，而是“好角儿”的定义变了。

戏曲演员越来越难满足社会的需要。西风东渐已百年，新派文人总是想扳道岔，把京剧从它自己的轨道扳到一条新的轨道上，来符合自己的文艺观。于是乎，不同轨道上的人，轨道上不同身份的人，眼里都有不同的京剧，都有各自的不满，都拿京剧开刀。原有轨道上的人觉得京剧跑得不像百年前一样，新轨道上的人觉得改革还不彻底……有的嫌演得太传统，有的嫌演得太先锋，有的需要演得更红色，还有的需要演得超过自己的爸爸、爷爷，或需要演得和祖师爷一模一样。

否定一个艺术家并不需要看他的作品和为人，评价者仅凭一时的情绪就能否定。毕竟，作品和艺术家就是让人随意来评判的。

其实真没必要拿儿子跟爹比，拿孙子跟爷爷比。戏曲是活的，演员要根据自己个人条件、当场演出的实况，和整个时代观众接受来决定怎么演，每个人和每个人、每场和每场的细微之处都不一样。京剧魅力在于每个人怎么张嘴，怎么表演都不一样，但同样能感动人。

因此，演员容易有怨气和不平衡感——被人轻易鄙视的不平衡感。演员更希望自己被认可，希望坐实自己的地位——不是一时的掌声，而是长久的、客观的、因为艺术带来的地位。但每当怀才不遇时，艺术家潜在地会靠近权力，希望靠着“刷色”来翻身，却往往因过于靠近政治而有损了艺术成就，甚至连人都被卷入时代的深渊。从辛亥革命开始，京剧演员夏月珊、夏月润等便参加了武昌起义。

时代令人别无选择，艺术家能坚持演戏，保持自己的艺术承传，已是不幸中的万幸了。

梅兰芳说过，成角儿要“三分天赋，六分运气，一分贵人扶持”。艺术是以天赋为主，勤学苦练为辅，一言以蔽之：“祖师爷赏饭或不赏饭。”我们不知那些永远站在舞台中间的人，幕后都付出了些什么。不是内行，一定不知道唱戏难在哪，不知道开口饭多么难吃。

任何一门艺术都有它的行业和学科，这是同一个事物的两个层面，兼顾起来非常不易。在市场上打拼，多是为了行业的运转；在学院里研习，多是为了学科的建设。行业的发展形成了学科，学科的发展又促进了行业。大学里理论学科方面所谈的，真正台前幕后的东西，往往是我们所想不到的。有怎样的创作者，就会有怎样的戏。我们把传统戏中不少多妻多妾的地方、封建迷信的地方改掉，但这并不能改变中国人习惯接受的逻辑和思维方式。《秦香莲》里皇姑让秦香莲跪下见礼，说自己是金枝玉叶。秦香莲说，我为大来你为小，论家法你还得给我跪下。这跟现在都市情感剧里面原配斗“小三”是一样的道理。

数完谭家七代人的功绩了，那么，如何才能成为一代戏曲名角儿呢？大概总结以下十点：

一、要有好的家世出身。

二、要有好的师承门派。

三、要有传统戏中的代表剧作。

四、要有自己的新编剧作。

五、要有艺术上的独门绝技，即要会点谁也不会的、自己发明的东西。

六、要有好的平台以供成名。

七、要自己能挑班儿唱戏当班社、院团的领导。

八、要有一大帮好的弟子、儿孙来承传自己的艺术。

九、要有好的理论家来帮助提出理论，用理论支撑自己的艺术。

十、要有好的社会交往，甚至有权力、财力的后援团。

2019 年 5 月 26 日，谭元寿在北京首都剧场举行了“一战功成新曲，七代谭笑风生”观众见面会，并由他的弟子们分别演唱了谭派的代表唱段。在发布会进入高潮之际，谭孝曾号召，谭派传人们一起唱《定军山》中的“头通鼓，战饭造”，并号召现场观众一起跟着和酥儿（齐唱）。现场仿佛回到了电影《西洋镜》中的场面，尽管观众中能张嘴的真不多了。

京剧作为一种艺术形式，上得厅堂，下得乡野。看梅兰芳坐头一排要两块大洋；达官贵人想在剧场里谈生意，可以上大剧院里面楼上包厢；劳动人民看不起，可以去天桥或看草台班子。同样，唱戏的唱得好可以在大剧院里挂头排，唱一场挣四百大洋，而唱里子的没准就挣两块。这一切在行业内的动力，是要让每位从业者知道——只要努力，就能有钱赚，有戏饭吃；而只要有钱赚，那根本不用组织，自动就文化承传了。

武生：二十年蹉跎岁月

提笔写起王金璐老爷子，我不由得想起民国时“话剧皇帝”石挥主演的电影《我这一辈子》开头的画外音：“北京啊，北京，这是咱们中国的古城啊，从元明建都到现在差不多七百多年了，中和殿、太和殿、保和殿，红墙琉璃瓦，正大光明……颐和园、万寿山、排云殿、昆明湖、十七孔桥……天坛、北海白塔，堆云积翠，多美啊……可是城里面的老百姓呢，穷啊，苦啊，可是真安分！”就这一句“真安分”，道出了老北京人的性格。

王老爷子有着老北京人的性格，一辈子努力奋斗，爱惜自己的名誉，有里有面儿。我想这就是老北京传统的家风，也愿这美好的家风能在新一代北京人中永久地流传！

元杂剧《单刀会》中鲁肃的唱词有云：“光阴似骏马加鞭，日月似落花流水。去得好疾也！”如今，戏曲史上民国时的一线名角儿几乎都已驾鹤西游，连他们的弟子也到了耄耋之年。而他们弟子这一代艺术家，经历了新中国成立后的政治运动，受过和父辈不一样的苦。他们本应有更大的成就，但很多人正逢当年时，却没有机会活跃在舞台上，使得无论观众还是演员，甚至整个时代，都留下一种莫大的遗憾。现如今，弟子一代也一一谢幕。2016 年，梅葆玖、李世济、王金璐等几位梨园行前辈的先后去世，让人不胜感慨，大师和他们的弟子们都逐渐远去。

王金璐在同一代人中享有高寿，但无论是梅葆玖还是李世济，都没有他小时候过得艰苦，这促使他取得了更大的成就，也有更多的不易和更多的遗憾。

偏要学武生：练功之苦，能戏之多

1920 年，王金璐生于北平南城的一个贫民家庭——他的父亲是厨子，母亲有痨病。他自幼喜欢戏曲，没人教的情况下自己能唱几句《打渔杀家》。王金璐自幼好动，有人提过送去学戏，但被他母亲否定了。在他 8 岁那年，母亲不幸去世，父亲去闯关东谋生，他家的生活更加陷入困境。王金璐有一门干亲，有一次在干亲家组织的聚会上，客人中有一位中华戏校的老师，看到王金璐很是唱戏的材料，就建议把他送到中华戏校投考，没想到王金璐一考即中。虽然唱戏很累很苦，但王金璐终于可以吃上口饱饭了。

中华戏校是新式的戏校，教学请的都是吴晓玲、徐凌霄、陈墨香、翁偶虹、焦菊隐、齐如山、张伯驹这样的学者和名士。在戏校，不仅教戏，还教文化，因而王金璐并无旧时戏班的艺人习气，而有一种新时期的学生气。但同样，戏校也继承了科班的传统，表面上说不能打，实际上照打不误。王金璐相貌清秀俊朗，天生一副好嗓子，由此很受老师喜欢。但他比较好动，因此挨打较多。他学戏十分刻苦。他除了唱花脸和旦角以外，几乎什么都会，刚开始他被归为老生行当，但他更喜欢唱武生，只是一直找不到合适的机会，就只好在台上捋叶子偷学，或在台下私自练功，临睡觉前把戏台上的刀拿到被窝里，夜里悄悄出去练。有几次，是别人无法上台，王金璐顶替上场，赢得满场喝彩。于是，他在戏校越来越受重视，并受到焦菊隐、金仲荪等老师的喜欢。在中华戏校的时候，以武旦见长的宋德珠外号叫“小千岁”，王金璐外号叫“千殿下”。

王金璐对中华戏校的感情很深。有一段时期很多主力学生毕业，戏校人才空缺，他毕业后不顾薪水高低，担任了一年助教，说是上台助戏，实际上是主演，好帮学校卖座。离开中华戏校后，老师丁永利帮王金璐管事。

丁永利是王金璐在中华戏校的恩师，只有他管王金璐叫大璐。他并不闻名于民国的戏剧舞台，但他的父亲就是内廷供奉，父辈就以教戏为业，而丁永利也善于教戏。他为人严厉，好意气用事，总是和中华戏校闹辞职——有好几次他都因舍不得王金璐才回来。王金璐的每次演出，他从不表扬，永远是批评，甚至责骂，但王金璐受益匪浅。丁永利教戏水平极高，据说有一次，他到别人家教杨派武生戏，可他不知道杨小楼正好在那人家里，一直在屏风后听着，等他教后才现身称赞。丁永利教杨派戏，是得到杨小楼认可的。丁永利还有同门的师兄弟，是演关公戏的一代宗师李洪春。王金璐十分想学关公戏，挨不住要求，丁永利请李洪春前来帮忙，这使得王金璐学会了《古城会》《走麦城》等。

丁永利辞职期间，戏校请了黄月山来教黄派的武戏。

抗战时期，演戏并不叫座，中华戏校向上海学习，搬演《火烧红莲寺》那样的连台本戏以增加上座。但那些海派的剧目被称为外江戏，在北京不被认可。为此，丁永利和李洪春在从南方扮演的京剧上，加上了传统的身段和技法，南戏北唱，这才在北京站稳了脚跟。一时之间，中华戏校的戏比很多科班都要卖座。而连台本戏大多热闹，这就少不了王金璐的演出。由此，不到二十岁的王金璐，一个人身集杨派、黄派、红生戏于一身，成了当时火红的童伶。戏校又安排他拜了马连良为师。出师之后，王金璐并没有着急挑班，而是博采众长。他多次去上海演出，与金少山、侯喜瑞等前辈同台。很多民国时的戏单上有了王金璐“坐着”（三个字呈“上一下二”三角形排版）的名字，他在民国时就是名角儿了。《立言报》上评定童伶生行的头一名就是王金璐。

有人对王金璐说，只唱老生戏就足够了，武生戏又累又难，武生名家已经很多，很难再杀出一条血路，何必非要学武生呢？其实，王金璐只是喜爱武生。根据《武生泰斗王金璐》一书，即便是他结婚后，仍是清晨四点半起床练功喊嗓，七点半用早点，八点去学校上班，十二点回家吃饭。如有日戏，傍晚六点散戏回家。20 世纪 50 年代在上海的时候，他仍然是每天上午八点到十点是既定的压腿时间，徒弟郭仲春在一旁跟着练，练完后看徒弟拉戏，接着又为徒弟说戏；十点以后开始踢腿、打把子，一口气打十套快枪，再同几位武净作把子车轮战，最后再自己拉戏，如《麒麟阁》的九战魏文通，一拉便是打九套，绝不偷工减料。

二十年蹉跎岁月：时运不济，身负重伤

新中国成立以后，王金璐一如既往地用力唱戏，但他时运不济，当时北京、天津成立剧团请他加盟，他都因故错过了。后来他再次南下，加入了上海京剧团，跟院长周信芳先生一起演戏，红遍了上海滩。到了20世纪50年代，他被借调到西安的剧团，一度把京剧并不兴旺的西安唱得红火。在西安，他编演了连本的《七侠五义》，出演主人公白玉堂，使得全西安都为之轰动，还巡演走遍了西北的众多省份。为期半年的借调时间早已过去，却仍不见回上海的动静，后来才知道，他的人事关系已经被调到了西安，他成为西安的演员了。既来之，则安之，但谁知有更大的人生坎坷在等着他。因上座火爆，西安在排《七侠五义》的第二本，有大破铜网阵的剧情。王金璐扮演的白玉堂要在高处跳下，同时后台的工作人员按动机关放出网子，接住王金璐。不巧那天是一位临时的师傅来负责这一操作，他按早了，王金璐在无法腾挪转身的情况下，生生地摔在了地上，还被一根翘起的木棍打肿了脸，而他还要去继续演下面的戏。王金璐由此身负重伤，但身为主演的他不能回戏，如果派人顶替他演的话，他要求注明是别人代演，可剧团不干，担心这样会引起观众退票。当他听到散戏归来的观众们纷纷议论，这个“王金璐”也不怎么样时，他十分伤心，只好再次带伤上阵。而这次，他听到的却是这个“王金璐”比上次的“王金璐”要强，这下更矛盾了。他越是努力，反而越是在砸自己的牌子，这黑锅是背上了。更难办的是当地的医疗条件不行，他的腰伤越来越重，终于在带伤演出半年后爬不起

来了。

1960年，王金璐带着伤痛之身离开西安回到北京，可他却上不了北京户口，因为西安方面不给调动工作，这下他无法保障生活，只能靠朋友的接济。更有大夫诊断说，王金璐伤到了脊柱，几乎是无法再演戏了，劝他改行教戏。这是王金璐一生中走麦城的时候，身为演员不能登台，还是在一生中最为黄金的年龄。那时京剧尚可发展，没有被现代戏完全取代，而且武戏有了大发展，高盛麟、盖叫天、李少春、张云溪等大红大紫。王金璐伤到的是脊柱，他日后能重新登台，绝对是人间奇迹了。

受伤期间，王金璐穿着钢背心逐渐恢复，经过多年的治疗，刚刚见了好转，又迎来了1966年的“文革”。西安方面不发工资了，王金璐的生活彻底陷入困顿，后来只好靠他夫人李默英去工艺品厂当画工来贴补家用。直至1978年，王金璐才逐步被起用，此时他前后脱离舞台长达十八年，已年近六旬。

登台与传艺间：六旬复出，武生不老

王金璐复出的第一出戏，竟然是一般年长不再演的《挑滑车》，王金璐不仅演了，而且劈叉、压马、勒马、挑车等高难度动作一个不少，最后还以摔硬僵尸收场。由此，他重新上演了《长坂坡》《潞安州》《战宛城》《古城会》等当年的代表作，并在中国戏曲学院拼命教戏，一如当年。直至八十岁那年，他唱武戏《八蜡庙》，仍在戏台上摔了个抢背，并能把腿直直地踢过头顶，全场当时炸了窝地叫好。这一切，都跟他高超的武功是分不开的。原来，他跟民国时京城阿拉善王府的保镖、武术大家高紫云练过武术。王金璐讲过，高紫云先生是太极拳名家和医家，精通儒道，高夫人也会武术，都住在王府小院，教他和程砚秋练武。这样的机会难得。有一回，王府里突然喊抓贼，高夫人一下子就蹿上房。又一次，在庙会上，有贼把手伸到高夫人兜里偷东西，一下子就被高夫人把手给抓住了，小偷连忙喊救命。高夫人松了手，教训了小偷几句，还随手给了小偷一些零钱，告诫他不要再做小偷了。高紫云夫妇不仅教武功，还教武德。王金璐特意说，练武术要讲德行，还讲过去没有所谓的门派之争，而他跟随高紫云，竟然还学了些英文。

我曾专程访问了与王金璐住了数十年街坊的赵女士，很多关于王金璐的故事，不妨直接由她来讲述：

> 我们小区里住过很多戏剧名家，后面的楼住过刘秀荣和张春孝，我们楼住过李和曾和李忆兰。院儿里有个亭子，有草地花坛，经常见他们在那里练功和带学生，挥动水袖的绸子如仙女般。最常见的还是王金璐老爷子。在我小学到中学，无论寒暑，总能看到王老爷子在院儿里的花坛旁练功，他练棍时，像孙悟空一般，不练棍时，也会压腿踢腿。早上他自己练，下午有时他带徒弟。我还见过他教他的小外孙子，一个可爱的小男孩。他不仅要孩子动作到位，还得眼神到位，能传神。但孩子还小，被他训哭了。
>
> 记得我小时候参加过一个武术班，有时也跟一个小伙伴在院儿里练“三脚猫”的功夫。老爷子就过来了：“你们练什么呢？”我们说：“练武术呢。”“踢个腿给我看看？”我们就踢。“这踢得不直啊，这得有个棍儿，踢不直绑你一下，

就直了。”王老爷子说得，我们几乎都不敢练了。那位小伙伴有一次拿了一本登有京剧老照片的杂志，给老爷子看。他一看便认出来那是年轻时的自己。这老照片他看呀看呀，看了很久都舍不得放下，还问能不能把这页复印，因为他自己早就没有了。

1988年老爷子退休，但他仍然练功，教徒弟，仍旧不时登台参加各种纪念演出，并在报刊上撰写回忆文章。1990年，他主演了电视剧《武生泰斗》，原本剧组是请他做顾问，一接触，直接请做主演了。而翻看老爷子的传记才发现，原本《霸王别姬》中戏剧教师爷的角色是请他来演的，可他坚辞不就。现在想起来也是一大遗憾。但还是随他的意愿吧。

王家人都客气，很讲老礼儿，不给街坊们添麻烦。邻里之间，就连我们送的粽子、饺子，王家也必定是要还礼的，保持了老北京人的传统美德。谁要是有事情请老爷子去哪儿，他不要人来车接，他要自己坐公交，还说人家空车跑过来，不合适，太给人家添麻烦了。他喜欢亲力亲为，老伴在世时瘫痪多年，都是他自个儿照顾，一直相敬如宾。家里多年不请保姆，直至他年纪很大才请人帮助，但也不愿别人伺候，好像觉得别扭。老爷子的外孙女跟我是小学同学，比我大一届，从小在一块儿玩，可是我却不知是老爷子的外孙女。

老爷子对住了几十年的小区十分热心。看到院儿里有什么积水，他就要帮忙打扫。他女儿王天香阿姨一直在身边照顾他。他经常让王阿姨去扫公共的楼梯。王阿姨身体不大好，做过手术，但一直打扫，对他十分孝敬。王阿姨不是职业演员，但也会唱。一旦居委会有活动，都要她唱京剧。居委会阿姨们喜欢听样板戏，她就特认真地唱样板戏，因为身体原因，唱完还得吃药。去年夏天，我们小区房屋改造，院儿里堆满了建筑材料，很多地方都绊脚，容易把老人给绊着。老爷子看到后很关心，居然要自己去搬，几乎忘了自己已是耄耋之年，当然被儿子拦住了。他的儿子也年过古稀，还亲自动手把建筑材料搬走。大约是前年的时候，老爷子还在家里带徒弟。他教得非常认真，竟把家里的地砖踩裂了六块。这栋老楼一共五层，他们家住在三层，没电梯。他也不麻烦徒弟，就让两个女儿，拿着普通的购物袋背了六块砖上楼，自己把地砖换好了。

我最后一次见到老爷子是乙未年的除夕，在全聚德。正好我们家去吃年夜饭，王家也去了。老爷子他们在四楼，我们在三楼，我们知道后，就上楼去拜年。老爷子穿着棕色西服，围着红围巾，精神面色很好。他已经 96 岁高龄，动作缓慢，但很能聊天儿，还跟我们点头、作揖。家里的亲戚还帮着我们拍照留念。虽然我们做了三十年的街坊，但仅仅在那天与老爷子合过影。

老爷子去世后，家里设了灵堂，来了不少客人。我去吊唁，在遗像前鞠了仨躬。下楼时，老爷子的儿子亲自把我们从三楼送到一楼，到了门口，居然给我作揖鞠躬，一个劲地谢我，说得我非常不好意思，我被这讲老礼儿的一代老北京人感动着。

纵观王老爷子这辈子，确实是坎坷的一生，但他却能用自己的刻苦努力、勤劳本分，做好自己分内的一切。翻阅他会戏的清单，令人十分惊讶。他能演的戏多达 335 出，如果加上他兼工的戏则多达 436 出，其中丁永利传授他 83 出戏，李洪春也教了他 47 出。对于杨小楼和黄月山的戏，他强调表演和演人物。总之，他是真正的武戏文唱，武生泰斗。

男旦：为什么由男人唱旦角

电视剧《鬓边不是海棠红》重新让人回到民国时北平的戏园子，剧中讲述旧京的爱恨情仇。但该剧最为有趣的是，男主角商细蕊是一位男旦，剧情处处与男旦演员的性别和身份有关。过去是男人唱旦角，这对于不看戏的人都已是常识。但外行人对于男旦的有色眼光，始终没有消退。我们也曾有长期禁止男旦的时候，并有着对男旦和梨园行过多的曲解。

为此，我们不得不重说男旦，介绍关于男旦的知识文化，并深入梳理人们对于男旦的误解。

为什么由男人唱旦角

中国戏曲艺术源远流长，而明清以来，梨园子弟多是由教坊管理，这与专门的乐籍制度有关——演员以男性为主，世代职业从事演剧，不能从事其他，通婚也多在本行业内，由官府统一管理，并用演戏来酬神和施以教化；包括清宫中的音乐、舞蹈、戏曲，完全没有女性；如果家族三代内有乐籍中人，是不能参加科举考试的。废除乐籍制度的是雍正皇帝，从此后梨园子弟，便四处组班唱戏，游走于全国各地，庙台艺术纷纷向市民艺术转化了。但直至清末，传统戏曲中的女性角色，始终是由男性来扮演的。那时，不要说女性登台唱戏，就是说女性都不能进戏园子看戏，北京北城都不能开戏园子，后来女性能进剧场了，最早是必须与家人同坐，或者男女分开坐。

演员学唱戏打基础时，最开始不分男女行当，生旦净丑都得学、都要能唱，学到一定程度后，才找个自己最擅长的行当，归为这一工下（归为这个行当）。到了年底封箱戏时，唱自己行当以外的行当，便为“反串”。一般演员都能像商细蕊一样反串，因为学戏时多少都学过。很多票友、曲友一生都没必要归个行当，什么都会，现场缺什么来什么。

尚小云从小学过老生、武生，他的戏中化入很多武行的动作，都说尚派的戏难学，便是因为要会的太多。商细蕊最初学武行，后改唱旦角，这一点儿不新鲜。高派创始人高庆奎，也是老生、花脸、老旦都唱，为此得了个外号——“高杂拌儿”。

男旦不是由男人去学女人，而是以写意的方式，创造女性的人物形象。从戏曲表演的角度，男旦行动坐卧，艺术效果更独特。

首先，是从身高上来考虑的。在舞台上，如果旦角演员个子矮，则很不好看，男性比女性个子高，舞台效果自然更好。过去的人普遍比现在个子矮，女性如果取普遍身高一米五几，上台就矮了，而男性如果身高一米七，在男人中不算高，上台却刚刚好。当然，程砚秋那将近一米八的个头，本身是个劣势，但照样是名角儿，这也足见他的艺术魅力。

再有，是男性演戏有体力上的优势。过去演戏是一项非常辛苦的事，行头都很沉，比如凤冠霞帔，凤冠里面都是用铜丝编成的，上面的首饰都是大玻璃珠子，凤冠上站一个人都没有问题，戴着这样的凤冠唱上几个小时，女性一般是吃不消的。尤其是武旦戏，扎着大靠护背旗开打，从三张桌子那么高的地方往下翻，对女性也是很难的。直至焦菊隐创办的新式中华戏曲学校时代，已经有越来越多的女性唱旦角，但武旦始终是由男性来学的。

最关键的是唱腔上的优势。男性唱旦角用假声，在肚脐往身体里以内的地方较劲。这个劲儿是人先坐在椅子上，用双手把抓住椅子底下把自己使劲往起搬（自然搬不动），这时候肚子在较劲，用这个地方的力气来唱。声音淳厚优美，没有那么高和尖，跑调了还能凑合听。女性唱旦角调门太高，容易尖利刺耳。

由上可知，旦角艺术是以男性为准来设计的，稍微加上点动作眼神，眼珠稍微转转、用个兰花指、用个身段或表情便是个样子，而女子演旦角似乎不是天生的，无论在台上怎样使劲，差一分不到，多一分过头。即便腰肢使劲扭动，眼神多么犀利，也总觉得表演得一般，若不是在表演上下功夫，有特别的艺术之处，观众舍不得大声给个好。

女性原先不能登台，但可以在台下唱着玩。慈禧太后自己京剧、昆曲都能唱，她有几张照片便是学着昆曲《游园惊梦》中的身段来拍照；她还编过戏词，清宫里演张天师除五毒的神怪戏《阐道除邪》，里面有剥皮鬼的唱词，便是慈禧太后编的。女人们在一起唱戏，也会唱男性角色——女老生、女花脸、女武生、女武丑等。

女性登台的现象最早始于中国古代权贵家养的戏班“全女班”——所有演员都是女的，而女性面向公众登台最早是在清朝同光年间的上海，越剧中很早就有全女班，至今仍以女小生的表演艺术而闻名。清末民初，北京曾很短暂地出现过男女同台，然而很快就被禁止了。1916 年到 1919 年，京剧演员田际云创办了第一个招收女性的戏剧科班，京剧、梆子都教。1930 年中华戏曲学校成立，这才有了新式男女同校的戏校，次年北平才有了男女同台。早先但凡女性唱旦角，都要注明是坤旦，可见男性唱旦角是默认的常识。

男唱女、女唱男，纯属正常。清代以来，中国有相公文化，相公堂子里什么都唱，会唱旦角、唱小曲儿，有旦角演员也在相公堂子里唱过，但不能把男旦等同于相公。清末民初，艺名响彻九霄的京剧、梆子艺术家田际云先后两次呈文政府，并最终废除了相公堂子。总之，男人能唱旦角，绝不是这个男人平常就娘娘腔。

如今，男旦演员为数不多，男女跨性别演出是戏曲艺术的根本，而不是卖点。中国戏曲是超越性别的艺术，如果角色的性别都无法跨越，也就无从谈起表演艺术了。

男旦带动了民国京剧的发展

我们听清末的老唱片，看清末的老剧照，有的一时欣赏不了，因为京剧在民国时和清末相比，有了很大的进步和改观。民国时京剧大大提高了它的文学性以及表演的艺术性。这和男旦的发展是分不开的。

民国时市民文化的发达，使得城市对剧场艺术产生极大的需求量。如果说京剧在徽班进京以前，那还是地方戏的年代，是一种乡村庙台的艺术，是室外乐，那么走进剧场的京剧则成了剧场艺术与室内乐。因此，它必然需要某些改编，比如调门从高稍微降落，从粗糙变得细致，否则观众也不答应。

京剧是明星中心制，挑班的班主和名角儿为同一人。原本京剧最主要的行当是生，听戏听老生，旦角是配角，挑班都是生行挑班。直至1909年，四大名旦的老师，有着“通天教主”之称的王瑶卿开了旦角挑班的先河。1927年6月20日，北京的《顺天时报》评选出梅兰芳、尚小云、荀慧生、程艳秋（彼时尚未改名为程砚秋）、徐碧云“五大名伶”，叫响为“四大名旦”；20世纪40年代又评出李世芳、毛世来、张君秋、宋德珠“四小名旦”，甚至有了戏谑的“四大霉旦”——徐碧云、朱琴心、黄桂秋、黄玉麟，指他们倒霉，运气不好，艺术生命很短。并不是唱得不好，事实上他们都是男旦时代的辉煌。

过去唱戏，晚上六点或六点半开演，十二点才散席。唱戏的规矩是不能“翻头”，每天都唱不一样的，编新戏是市场需要，不编新戏活不下去。旦角要想发展，自然会在编戏时改进旦角的行头，增加旦角的戏份，或围绕旦角编新戏。原先旦角没那么多身段，只是在台上捧着肚子干唱，梅兰芳改进了旦角所贴的片子，在唱《汾河湾》中的柳迎春时增加了身段，并得到了谭鑫培的认可。四大名旦都在争议中编了大量的新戏。凡是编新戏，自然有接受的和不接受的，老艺人、老观众认为不合规矩，而新观众则往往会喜欢。新观众成老观众时，新编戏也就成为经典了，自然就被广泛接受了。《霸王别姬》中的虞姬舞剑是梅兰芳的成功发明。成功的原因是梅兰芳提倡的“移步而不换形”，即新编的虞姬舞剑符合剧情和戏理，属于京剧表演部分，符合表演的规律。

京剧中有不少戏是从地方戏直接改的，或者是艺人们自己篡弄的，文辞会有讲不通的地方，经常有“用目瞧”“马能行”等，甚至有“要让要让偏要让，不能不能万不能”这样的词，甚至有前用后典——前朝的故事把后面朝代还没发生的典故都用上了。因此汪曾祺曾多次提倡提高京剧语言的文学性。清末、民国的不少新编戏，都提高了京剧艺术。

电视剧《鬓边不是海棠红》中商细蕊的成功，除了他高超的技艺，还有他的不保守，敢于大胆编新戏。

唱男旦不容易

从民国时就有很多人看不惯男旦。旧式军阀欺侮男旦，新派文人攻击男旦，陈独秀、鲁迅都讽刺过梅兰芳，钱玄同说小嗓是“猫叫”，郑振铎说男旦是“人妖”。在同性恋被歧视的时代，男旦容易被视为同性恋嫌疑人。老舍的小说《兔》中，便很隐晦地写到社会对唱男旦的主人公小陈的揣测。

而作为男旦本身，要想在艺术上创新更不容易。早期男旦为了票房，要身穿肉色的衣服，甚至光膀子穿上肚兜儿、刮掉腋毛腿毛，演一些“诲淫诲盗”的粉戏。在台上围一个帐子，男旦露出只脚，里面演摇床，最后还能从帐子里扔出股鸡蛋清。不演粉戏不上座儿，一演粉戏就卖满堂，不想演也得演。而今包括旦角筱派艺术在内，有一些戏因为“涉粉”已绝迹舞台了，也随之丧失了不少表演艺术。

很多男旦艺术生命不算长，容易中年“塌中”，即人到中年，身体发福，嗓子也不灵，就不叫座了。早年和梅兰芳齐名的王惠芳，他们两位并称“兰惠齐芳”。据徐慕云《故都宫闱梨园秘史》记载，王惠芳成名后喜欢架着大鹰进山游猎，没多久风吹日晒，皮肤和嗓子都不行了。电视剧《鬓边不是海棠红》中商细蕊上场前吃肘子，这个细节来自程砚秋，而程先生便是中年发福，原本身高就比较高，当时有报刊上就刊登——“好大一个旦”，上海观众干脆说他是“大阿福”。

过去旦角要踩跷，又叫踩“寸子”。演员穿上模拟古代女人小脚的鞋子，在舞台上表演古代女子走路的脚步，即跷步。表演踩跷的功夫，叫跷功。开打的武旦也一样。这种功夫是秦腔演员魏长生首创，后成为花旦表演中的特技。跷分硬跷、软跷，是木头做的，样子就像高跟鞋，只是没有那个硬硬的跟。踩上跷后，再绑上跷套，放下裤腿，只露出一点尖尖的小脚尖。这时演员的脚后跟是高高垫起来的。演员的重心向后，走台步时步伐较小，腰部晃得并不严重，肩部扭动比较大。尚小云、荀慧生都苦练过跷功，但后来这一表演被废除了。习俗上，男旦扮上戏就没法上厕所，因为去男厕所还是女厕所都不方便。旦角上装后，不得赤身露体，也不能与人说笑。

俗话说：“一窝旦，吃饱饭。”戏班里旦角多，那票房肯定就好。

那么，男旦是怎样被捧起来的？一方面是“武捧”——钱捧，另一方面是“文捧”——才捧，即要有财神爷和文曲星，捧的人要内行。

拿钱捧，可以把座儿都包了，组织人到现场叫好，为男旦的行头一掷千金，这叫“武捧”。梅兰芳在钱财方面有冯耿光支持他花钱去美国访问，而文人们给男旦编剧本、教文化，写文章在报刊上鼓吹，这叫“文捧”。四大名旦身边都有旧文人来编剧本，梅兰芳有齐如山、李释堪等，程砚秋有罗瘿公、翁偶虹，荀慧生有陈墨香，尚小云有清逸居士溥绪、武侠小说家还珠楼主等，为旧文人中的一时俊杰。而钱和才都集中起来，则形成了“党”。梅兰芳有“梅党”，荀慧生有“白党”。“梅党”给梅兰芳在报纸上发“起居注”，“白党”编辑出版《戏剧月刊：荀慧生号》《留香集》（荀慧生号小留香馆主人）。艺人们也非常愿意向文人和各界贤达学习，梅兰芳有吴昌硕、王梦白、齐白石教他画画，有高瑞周教他李式太极剑……程砚秋有个腔是访欧时从歌剧里化过来的；麒派创始人周信芳，会跳舞、会开车，把舞步化用到台步上。上述都是高级的捧角儿，懂行的捧角儿。而晚清名士罗瘿公对程砚秋的捧，则是文武双全地捧，为此不惜借债七百大洋给程砚秋赎身，并亲自教以诗文书画，编写剧本，甘为人梯。这样的文士已经超过捧角儿的境界，沉湎于对戏曲、对艺人、对传统文化的挚爱。

更有一种，是“人捧”，即粉丝亲自来捧。早先剧场里未开女禁的时候，保不齐会台上演戏走点下三路，台下嬉笑呼喊，热闹成一团，为了捧角儿而大打出手，到天安门内的松树林子里按老北京的规矩约架，实属常见。而男女都能看戏以后，大量的女性观众既喜欢看帅气的生行，又喜欢旦角的美丽。京剧中很多地方，都是如《四郎探母》一般，把历史上的军国大事家长里短化，很受女性观众的喜爱。梅兰芳的新编戏《一缕麻》批判指腹为婚，引起了女观众反对包办婚姻的共鸣。观众里的阔太太，真会大把地直接往台上扔首饰、扔钱。有不少阔太太是职业的捧角家，甚至捧角嫁——捧着捧着就嫁了。为男旦痴迷一生的大小姐，着实不少。过去非要嫁给梅兰芳的人，大有人在。

1937 年，全面抗战伊始，北平沦陷，城里的戏班子走的走、散的散，梅兰芳蓄须明志，程砚秋西山务农，荀慧生义演资军，马连良“奉旨唱戏”、抑郁成疾。再往后十二年，连年战争，满目萧条，一片混乱，北平梨园生计弥艰，也显露着更剧烈的分化。待到 1949 年，男旦渐渐罕见于舞台，这便是另一个时代，又一段故事了。所谓盛极而衰，京戏男旦的黄金时代早已在不期然间远去了，犹如白云苍狗，风华不再。

昆曲：昆腔本是文人曲

其实大家都听过两句昆曲——张国荣主演的《霸王别姬》中那两句作为戏胆的“小尼姑年方二八，正青春被师父削去了头发……”即是昆曲《孽海记·思凡》一折中的念白。近年来，随着白先勇青春版昆曲《牡丹亭》的火爆，以及昆曲被列入“世界首批人类口述与非物质文化遗产代表”，昆曲这门古老的艺术又进入当代人眼中。不过，普通人确实对昆曲了解得不多，只知其一不知其二。

昆曲是由文人缔造的

昆曲是中国古代文人雅集之曲，它不仅是舞台上的戏。著名昆曲艺术家张东卫认为，昆曲与儒学合为一体，“带有中国古代士人所特有的‘书卷气’，又有专业演艺者的长期打磨，还有国家力量的严格监管”。因此，表演昆曲不仅是为了娱乐大众，而更是为了宣扬礼教、承传文化。

昆曲因扬名于江苏昆山而得名昆山腔，但昆曲并不是昆山一带的地方戏，而是由昆山一带的文人清唱南北曲以及散令而发展成为舞台戏曲。这一点很重要，地方戏是当地艺人根据历史、民间传说故事自行编演，而昆曲的文本则是元杂剧、南宋戏文和明清传奇，这些文本的作家是由关汉卿、王实甫、汤显祖、沈璟、李开先、李玉、洪昇、孔尚任等文人创作，多数是在他们的家班堂会上首演。

清代中叶以来，除了一直保持着既有营业的剧场昆曲，也有文人之间自己唱着玩的昆曲，这种昆曲的流传虽然不重舞台身段表演，但更保留了古代读书人的官话声韵。当代中国人不易接受昆曲，一个普遍的理由是认为“听不懂”，还认为昆曲都是南方的方言，其实是个严重的误解。昆曲腔调上分北曲、南曲。北曲字多腔少，遵循《中原音韵》，多数是元朝的北京字音；南曲腔多字少，遵循《洪武正韵》，保留吴地沿袭的河洛正音。因此，只要了解近古的平、上、去、入、尖、团字音，昆曲很容易听清楚，而古人自然懂得古代音韵。文言诗词类又是昆曲创作文本的特点，如果没有古文的基础，当然听昆曲也是比较困难的。我们不应该觉得听懂昆曲要懂点古代的音韵多么麻烦，而应该庆幸昆曲为我们保存了有言传的活生生的近古音韵。

《牡丹亭》是明代戏曲家汤显祖的压卷之作，全剧共五十五出，《游园惊梦》在第十出，是其中的戏核儿，原本作《惊梦》一出，后来分成两出来演。在这之前有《闹学》一出，讲塾师陈最良教小姐杜丽娘与丫鬟春香读书，却被春香闹得带着杜丽娘去了一座荒废的花园。杜丽娘游园，方有“姹紫嫣红”之叹。剧中【皂罗袍】【好姐姐】两支曲子已脍炙人口，而其间要义多为今人的揣测，这两支曲子如下：

【皂罗袍】原来姹紫嫣红开遍，似这般都付与断井颓垣。良辰美景奈何天，赏心乐事谁家院！朝飞暮卷，云霞翠轩；雨丝风片，烟波画船——锦屏人忒看的这韶光贱。

【好姐姐】遍青山啼红了杜鹃，荼蘼外烟丝醉软。春香啊，牡丹虽好，他春归怎占的先！闲凝眄，生生燕语明如剪，呖呖莺声溜的圆。

【皂罗袍】一曲中的每一句，都是阴阳结合，对比强烈，暗含着中国古典的思维方式，从强烈的反差中展现出青春的短暂与可贵。“原来姹紫嫣红开遍”，低沉缓慢地起头，直言这花园当年的美，“姹紫嫣红”多美啊；而“似这般都付与断井颓垣”，唱时在“断”字、“颓”字上吐字行腔，“断”井，“颓”垣，井栏都断了，墙都倒了，不美了。下一句“良辰美景奈何天”，“良辰美景”，“奈何天”——时间多么令人无可奈何，如宋词“无可奈何花落去”的意境。这里在“何”字上行腔，天指时间。上半句是好事，下半句立刻又转不好了。同样“赏心乐事谁家院”，“赏心乐事”，“谁家院”——在谁家的院子里发生呢？反正不是在我家。上半句好，下半句立刻转折。这两句化自谢灵运语“天下良辰美景赏心乐事，四者难并”。如此鲜明的转折和对比，表达杜丽娘面对美景，内心却是青春易逝那般的哀怨悲凉。

至于“朝飞暮卷，云霞翠轩；雨丝风片，烟波画船”，都是美好景物的描绘。“朝飞暮卷”，“朝”是早晨，“暮”是晚上，指云彩在早晨飞舞在晚上卷起；“云霞翠轩”，云彩和霞光照耀着翠绿的屋檐敞轩；“雨丝风片”，雨如丝风如片；“烟波画船”，那画舫都掩映在弥漫的烟雾和粼粼的波光里。这十六个字，一个字是一首歌，一个字是一幅画，现代汉语的解释会将其意境割碎破坏殆尽，此间美之极致的境界，只可意会不可言传。

而上述如此传神之美，却接了一句“锦屏人忒看的这韶光贱”。这句中“忒”唱“tè”，“的”唱“dì”。“忒”是句方言，在北京话中念“tēi”，是特别的意思。锦屏人指“我”，即杜丽娘自己。越是那么美的景儿，像织锦的屏风中一样美的人，像画中人一般美的“我”，却觉得这光阴如此的下贱！这又是为什么？因为伤春！一个情窦初开的十六岁少女，没有爱情，再美的景色也不美了。

【好姐姐】一曲是【皂罗袍】的补充与细分。【皂罗袍】是杜丽娘与春香合唱，【好姐姐】是杜丽娘独唱，春香有几句夹白，更是杜丽娘的直抒胸臆。“遍青山啼红了杜鹃”，杜鹃鸟即布谷鸟，它的嘴和舌头是红色的，令人误以为在流血，故古人有杜鹃啼血的说法。《红楼梦》中林黛玉作《葬花吟》有“杜鹃啼血正黄昏”一句，即沿用《牡丹亭》中的意境。“荼蘼外烟丝醉软”，荼蘼绿叶白花，花小而碎如流苏，荼蘼架子如烟雨般飘逸。“牡丹虽好，他春归怎占的先”，牡丹四五月份开，并不在春天抢占先机，“我”如牡丹般美丽而不最先抢眼。“闲凝眄，生生燕语明如剪，听呖呖莺声溜的圆”，闲来时凝视，燕子叫得明快如剪刀，黄莺的歌唱婉转圆润。

我以为，【皂罗袍】与【好姐姐】两支曲子不宜分析讲解，最好是学会演唱以后，在不同的园林，于不同年龄中擫笛唱曲，拍板雅集，都有各自不同的滋味。这两支曲子，真堪千古矣！

“君子务本，本立则道生。”昆曲的“本”是在于古典文学和文化，古典文学修养高了，自然也就懂昆曲了。当年有人请教溥心畬如何提高画画水平，溥心畬说好好读书写诗，古诗文写好了，画儿自然也就好了，其实都是同一个道理。昆曲既然由文人缔造，终归还要回到文人中去。

不能只把昆曲看作舞台上的玩意儿

因为生活在北京的胡同里，我自幼没少接触曲艺、戏曲，从小喜爱听话匣子里的评书、相声、大鼓、单弦。后来，对京剧以及昆曲的戏曲也有接触，从不分剧种流派的喜欢，到对身边不懂的朋友们对表演者品头论足，都有过不短的时间。

刚上小学时，我每天中午回家吃饭，十二点放学，一点半上课。最幸福的时刻，不过是从一点到一点二十五，和奶奶一起听话匣子里的相声，听完了都记得住。学校在胡同西头，我家住东头，相隔三百米，听完正好跑到学校去，还有几次摔了跟头，磕破了皮。若走得早，从安静的胡同中走过，几乎每家门口或窗户根儿下，都有话匣子里传来的相声或评书，一条胡同走过，几乎能跟着听完一段。赶上听京剧，不大识字的奶奶还会给我做解说："包公啊，他连他侄子都铡啦！"我还有位五爷，是我的叔祖父，住在院子里的西屋。他是老小，一辈子没正经上过班，却能拉胡琴、会做饭、能用毛笔给自己开药方，时不常地在院里拉上一段，唱上两句。我时常听他唱戏，戏没听懂，但记得他给我做过一回鸡蛋饺子，非常好吃。

或许是因为我的专业是中文，又偏爱古典文学的缘故，对曲文以及那种歌唱方式有一种说不出的好感。我学昆曲开蒙的曲目是《长生殿·惊变》，经过努力发音地学习后，立刻选择了只能坐观众的位置，这真是魏良辅《曲律》上说的：“开口难”！

学习昆曲不只是跑调儿一个问题，有时上一句矮了，下一句一紧张就更不准了，好不容易有一句唱得有点意思了，一高兴却又把词唱错了。其实，唱昆曲要用肚子唱，是坐在椅子上，双手托着椅子边把自己往起抬时肚子较劲的那个劲儿，是肚脐眼往里三分，不是往下方。正确的唱法，是唱完了肚子累，而不是嗓子疼。当进而知道点如何使用大小嗓、如何往高音唱、如何送气呼吸时，也便知晓昆曲演唱都是需要一句一句磨出来。

真正热衷于昆曲的人，会越发喜欢老生和花脸家门了，尤其喜欢唱《望乡》《弹词》《寄子》《训子》等忠孝仁义的历史剧，以及《山门》《刀会》《酒楼》《夜奔》的感人之语言，而不是花前月下的扭捏。

有很多老辈儿人中，无论是文学家还是科学家，都会昆曲。康有为、梁启超那一辈人几乎人人都会，俞平伯、叶圣陶等先生也自不必提，连革命烈士瞿秋白还教过丁玲唱昆曲。再看汪曾祺的《我是怎样与戏曲结缘的》那篇文章，西南联大的名教授大都喜爱唱曲。还记述他从《南浦》《走雨》开蒙，陆续学会了《游园惊梦》《拾画·叫画》《哭像》《闻铃》《扫花》《三醉》《思凡》《折柳·阳关》《瑶台》《花报》《刺虎》……几乎比现在演员还会得多。

简言之，不能只把昆曲看作舞台上的玩意儿，它更是返璞归真地回归书房中的音乐。闲暇之日，在书桌前手持一卷民国影印的《牡丹亭》或《藏园九种曲》，哪怕只是随意翻翻，亦是赏心乐事。

昆曲不适合通俗化、流行化

习曲方知何为雅俗，中国传统教学方式，是“熏、模、学、练、默”先受熏陶，再慢慢模仿，然后有主见地学习，有思想地练习，默诵下来，这才能下意识地成为通化之气象。所谓“书读百遍，其义自见”，先不在大教室开讲，而是踏踏实实地、长时间地学唱，再谈其他。何勇有首歌儿叫《钟鼓楼》，有句词儿是：“你已经看了这么长的时间，你怎么还不发言……”以前批评传统教育是死记硬背，没有独立思考和提出见解。殊不知，若没有多年的死记硬背，拿什么来独立思考和提出见解呢？那才是巧妇难为无米之炊。因此，不会演唱戏曲、曲艺的人，是无法写这方面文章的。

既然庆幸昆曲“存古”的功劳，那就更不应肆意地“创新”、糟改昆曲了。昆曲不适合通俗化、流行化。张卫东批评当代昆剧团的新编戏是“台上搭台必伴舞，做梦电光喷云雾。中西音乐味别古，不伦不类演出服”，并批评这种改革的昆曲反而加快了死亡的速度，演唱的是没有味道的“昆曲歌舞剧”。貌似他是个很极端的复古派，就像他平常的穿戴也总是中式对襟衣衫和布鞋一样。但其实这种保守是有道理的，因为儒学的衰微，人们没有改革、创新昆曲的能力，还不如死守传统的好。

当舞台昆曲被京剧、话剧、歌舞等通俗艺术挤压得没有舞台时，恰恰是清末民国以来的读书人承传了昆曲。民国以来，文学家俞平伯、红学家周汝昌、清史学家朱家溍、语言学家朱德熙、经学家吴承仕之子吴鸿迈、最后的闺秀张允和、曲家周铨庵……

这些旧式文化人圈子中，一直保持着昆曲的传唱。他们在昆曲上所花的时间，似乎并不少于本职的学术。如今他们都已作古，我们只有在回忆文章中找寻他们平淡生活中的一面。

别人累了看文章当休息，文人累了没得可干。戏曲既和文学相关，又能陶冶情操，对写文章的人来说，是再好不过的爱好。才情不是学来的，是养出来的。花的不是钱，而是时间和精力。唱曲是一种雅生活方式，它只是生活中的一部分，就像这世界上没什么北京民俗，只是大家都这么过日子罢了。

江湖：生存之道

连阔如有本颇受争议的《江湖丛谈》——在他的笔下，算卦相面、挑方卖药、杂技戏法、保镖、卖艺、评书、相声、大鼓、竹板……连带着坑蒙拐骗，都是江湖行业，分为风（一群人骗）、马（一个人骗）、雁（用美色骗）、雀（用官职骗）四大门，和金（看相）、皮（卖药）、彩（戏法）、挂（打把式卖艺）、评（评书）、团（相声）、调（卖戒大烟药）、柳（唱大鼓）八小门，每门都有各自的门道。江湖人士认为这本书说了太多不能说的东西，也有人说里面说的很多东西不准。但不论如何，它告诉我们，社会底层还有一个“平地抠饼，对面拿贼”的江湖。

相声界就是江湖

很多网友有这样的误解，认为唱戏、说相声的应该是有文化的人，其实不然。过去，不识字的人照样能唱戏、说相声、说评书、唱大鼓，甚至能演得更好，干这一行彻底不用读书。我们总说相声是一门语言艺术，实则不然，相声应是一门表演艺术。语言艺术只是其中的一方面。刘宝瑞有段相声把清朝帝王的顺序讲错讲乱了，但实际上无所谓，这不会影响到他的表演艺术，听众也不会较真。

再有的是，唱戏、说相声、说评书，戏曲、曲艺演员卖的是表演功夫，而不是本身的文化，他们作品中那点儿对对子的文化，过去仅算文化常识，是我们全社会的文化水准已退化到把戏词、大鼓词都当回事的程度了。这样写并不是贬低他们，在电影《梅兰芳》中，我始终感慨于王学圻扮演的十三燕的台词："咱们是下九流啊！"

在中国古代，演员确实是与娼妓同属的下九流。当年唐玄宗创梨园，整改教坊机构，乐籍中的人世世代代为倡优伶工，欧阳修在《新五代史·伶官传序》中特意批评了宠信倡优亡国的道理。然而，士大夫们是离不开倡优的。士大夫对倡优"仁"，倡优对士大夫"忠"，不同的阶层各安其位。

相声最初的演出方式是撂地，即站在北京天桥、天津南市那样的"杂巴地"里，在市场上、路边卖艺，之后才进了茶馆，进了小剧场，最终上了电台、电视台。早先就是一个人在路边一边白沙撒字，一边唱太平歌词，或用快板招揽顾客。用白沙在地面上画个圈，就表示要在这里卖艺了。表演群口相声，一般是两个人说话，第三个人上去插科打诨，三个人乱作一团时，吸引好事者过去围观。这个过程叫"圆粘子"，然后再"使活"把观众腕住，通过艺术感染力和表演后的打钱，使观众自觉地把钱从兜里掏出来。打钱是一门很大的学问，在赞叹演员技艺高超的同时也会感叹，相声这门艺术确实很江湖。

相声演员要会说、学、逗、唱、耍、弹、变、练八项功课，要会开场小唱、会白沙撒字、会置杵（要钱）、擅口技、会数来宝、会太平歌词、能说单口、能说群口、能逗、能捧、能怯口倒口（学方言）、能使柳活（学唱）、能说贯口十三项技能。这其中的数来宝现在演化成了快板，比相声更为底层。数来宝早先是跪着一条腿唱的，唱一些吉祥话讨赏钱，后来经历了“串街走唱”和“撂地演唱”的过程。这种表演形式方便快捷，在战场上上午用英雄事迹编了词，下午就能慰问伤员了，但确实是从古代的“丐帮”中分化出来的，那更是底层的江湖。虽然相声的创始人朱绍文（“穷不怕”）是落地的秀才，他学识渊博，但相声绝对是草根艺术。另有一门相声，叫作清门相声，是进宅门里说的，相对文明些，据说是起源于八旗子弟自我娱乐的全堂八角鼓，但并不在相声中占主流，且在清末以来也无法逃离江湖。

相声界是江湖，必然会常发生师徒反目的事；相声若脱离了江湖，江湖中就少了笑声。社会上不可能没有江湖，这种事不是文明与进步就能解决的。

大城市的白领、中产阶层，没接触过社会的年轻人，大多不知道街头卖艺、地下钱庄、流浪剧团、电话诈骗、网络传销、贩毒卖淫等从业者是怎么生活的。社会上总归是有不用考大学的人群的，也要有这样的江湖。许多文艺作品和影视剧喜欢拿其中人士是否遵守江湖规矩来做文章，但江湖人的首要目标是生存，不是生活，哪怕经济状况已不悬于生存的边缘。

江湖绝不浪漫，它是残酷的，过去江湖艺人的生活号称“刮风减半，下雨全完”，没有人刮风下雨还出来看街头杂耍。据侯宝林的自述，他年轻时看到北京下黄土的天，就干脆躺着不起床。同行来了，问是怎么回事。侯宝林说，起床了也没饭吃，更饿。早年间，要饭的甚至会用自残的方式，用刀子扎穿尺骨和桡骨中间，用铁链穿过锁骨，用砖砸自己的肩膀，那意思是说，都惨到这份儿上了，行行好给点儿钱吧。他们是有帮会的，有地盘，也有师徒，乞丐并不是所有人都能干的行当。

江湖中有行业暗语，被称为“春典”，使用春典被称为“调侃儿”，是江湖人的一套自我保护，以防止外人听懂，也作为行业区分。在侃儿上说，说相声的叫“团春”的，说评书的叫“团柴”的，资深的江湖人被称为“老合”。若真调起侃儿来，全天的生活都用暗语来说。曾有个笑话，相声表演艺术家郭启儒被尊称为老郭爷，他精通调侃儿，也曾被称为“侃儿郭”。有人请教他：“这电视机调侃儿怎么说？”老郭爷想了一会儿，说：“色糖望箱子。”“色糖”指外国，“望箱子”指洋片匣子，电视机就是外国产的拉洋片的匣子。时至今日，曲艺中的“调侃儿”已没有过去普遍，但仍旧以术语的形式保存下来。而随着信息的透明，也有些年轻人会胡乱调侃儿，但现在少有人知道拉洋片是什么意思了。

为了防止反叛与纷争，江湖才有了规矩。所有的江湖道儿，都是历代江湖人的鲜血积累而来的。江湖中人对于规矩十分暧昧，因为江湖规矩是个辩证的问题，江湖中人最忌讳偷艺，但很多人确实是靠“捋叶子”“摘桃”等“瞟学”而来的。而拜师不过是允许你名正言顺地偷学师傅，有名气的师傅自己演出、社交还忙不过来，哪有时间教徒弟？能带在身边就不错了。再者，艺人都知道要苦练真本领，技艺不好，观众肯定不会买账。他们确实是因吃不上饭才去学艺说相声的，演出是为了挣钱，所谓的艺术追求也是为了卖得钱。所以，演员一旦红了，必然会拿架子要大牌，偷懒，不卖力气，人性便是如此，不卖力演也能上座，那费那个劲儿干吗？

我们真应该佩服江湖中人，把读书人扔到江湖里，或许被卖了还会帮人点钱，分分钟就死掉了，连死都不知道怎么死的。

江湖艺人

江湖艺人的思维方式、价值取向与一般人不同。

江湖艺人大多不攒钱或攒不下钱，因为我今天受了很大的苦赚的钱，我不花干净了就对不起我自己。很多艺人都挨过饿，一旦能吃饱后，绝不会省着。

江湖艺人多是昼夜颠倒，因为饱吹饿唱，吃饱了没法儿演，晚上演出后，要聚餐，连带抽大烟和社交，肯定要折腾到后半夜。

江湖艺人从万人瞩目到穷困潦倒，也许只是一夜之间的事。民国时期甚至会有冻死饿死于街头的事，至今仍不鲜见曾经风光一时的港台明星晚景凄凉的新闻。

江湖艺人学艺就要挨打。演错了挨打，因为那是被处罚；演对了也要挨打，那是让你记住以后就这么演。对于打，人家有理有据，认为打着学得瓷实，用现在的话说叫肌肉记忆。手抬得低了，只有挨了打才能抬得高，演出时是不经大脑思索的，是肢体语言记忆的。不仅学唱戏要挨打，学说相声、练杂技都要挨打，这叫鞭徒。打徒弟，外人是不能多言的，更不能拦着。

江湖艺人的师徒关系很是微妙。我们不能按照章太炎与黄侃、沈从文与汪曾祺的师徒关系，或者过去工厂车间里的师徒关系，来推断江湖艺人之间的师徒关系。我们都知道拜师要签合约，要“三年学艺，两年效力”；学徒期间，死走逃亡各由天命，车踩马踏打死勿论……其间的纷争，远不是我们外行人能想象的。

除了学艺的必要，出师或随着年龄增长，江湖艺人一般不会再去练功，因为艺人要大量地演出才能维持自己大量的开销，在舞台上表演就是练功。而没有戏演的艺人连饭都吃不上，更没力气练功，只会越来越堕落。以往的艺人行会都会通过演义务戏来救急困难的同行，便是如此的道理。

江湖艺人传艺极为保守，俗话说“宁给十吊钱，不把艺来传”“宁赠一锭金，不传一句春”，教会徒弟确实饿死师傅，很多行当里面都有技巧，这种技巧只能口传心授，不教就是不会，会了就能赚钱，个中门道如窗户纸般一捅就破。比如相声中捧逗语言的尺寸，捧哏的都说“啊”，发音的语气、轻重、缓急、长短，再配上身段、眼神，对了包袱就响，不对就不响，这是必须口传心授的，印成书是看不出来的。不教就是不会，都教会了也就不值钱了。

江湖艺人最应该爱惜自己的身体，可他们大多最不爱惜身体。比如艺人要戒烟、酒、辛辣等才能保护嗓子，保持形体。但艺人恰恰无法抗拒吃喝与社交，他们要仰仗权贵过活——叫你陪酒是看得起你，肮脏的酒桌文化是以喝不动或喝了伤身的情况下还喝为荣的，以致很多好演员被活生生地毁掉了，如刘宝全、梅兰芳等那般自我节制，并在晚年技艺炉火纯青的人并不多。再说，在旧社会，吃喝嫖赌绝不算恶习，而是风俗。唱戏很累，很费嗓子，艺人必须抽大烟，不抽，嗓子、体力撑不住，嘎调就唱不上去，抽一口，立刻能唱得满堂喝彩。抽大烟也表现了自己的身价。“十全大净”金少山到了最后，都得用大烟来泡水喝才能过瘾。

总之，江湖艺人会因为自己属于“下九流”而自卑，也会因为自己有能耐能赚钱而自傲。这也是大多艺人不攒钱或攒不下钱的缘故，他们相信自己，只要上台或上街就能赚回当天的嚼谷，因此一旦发家，吃喝嫖赌也就在所难免了。

江湖文化

江湖文化，在学术上可以叫游民文化，历史学者王学泰曾讲过游民文化。和普通人相比，江湖中人首先脱离了封建的宗法制，脱离了行政和法律的管理。唯一能约束他们的就是传统的伦理与道德。而道德本身是随时间、空间的变化而变化的。换个年代或地方，不道德的兴许就变成道德的了。在生存危机下，道德可能是人最先放弃的东西。

中国古代是有贱民阶层的，《清史稿》中说：

> 四民为良，奴仆及倡优为贱。凡衙署应役之皂隶、马快、步快、小马、禁卒、门子、弓兵、仵作、粮差及巡捕营番役，皆为贱役。长随与奴仆等，其有冒籍、跨籍、跨边、侨籍皆禁之。

这些人过着不同的生活，他们不能考科举，也不一定识字，并不是他们执着于本行，而是他们只能世世代代从事这样的职业。

过去，说相声的、变戏法的、搞曲艺的、卖药的、乞讨的、要猴儿的、打把势卖艺的，等等，都属于所谓的“贱民”阶层，都在底层挣扎求生。他们始终是边缘的、流动的、隐蔽的，承传了古代巫术、医术、百戏等文化。为了求生，他们只能服务于大众化的生活或娱乐所需，其实他们的职业可以说是演员，其本质上都是传统艺人的师徒制度，这也是源自这个江湖的规矩。

实际上，江湖与庙堂并不遥远，每种艺术也不是适合所有人的，现世是总有缺憾的。而庙堂与江湖并不是二元对立的关系，它们只是分别安置了自古以来不同背景的中国人，给了他们足够的生存空间。

武术：当传统武术不再用于实战

我少年时上的武术班地处北京景山寿皇殿靠边的一片空场上，周围是苍松翠柏，绿树红墙，每周两次课，学校里上完两节课向老师请假才能去。上来先学抻筋压腿，扎马步，劈竖叉、横叉，几乎每次都有孩子被压哭。几年间，我学了一点儿长拳和武术操，在大殿前的月台上给家长会演，有高手把脚高高踢过头顶，一脚将白球鞋飞了出去，鞋子在那座曾经存放历代帝王画像的大殿前，高高地画出一条优美的弧线，又翻了个个儿落了下去。从那以后，我改练了田径中的短跑和跳远，全然忘记练过什么武术。

大学时，我课后偶然去练跆拳道，听一个教“表演”跆拳道的教练谈了一大套武道，又看了一堆人劈柴般噼噼啪啪地打碎了很多木板，我上去就把一个能空中劈叉踢碎木板的蓝带随脚踢翻了。又想起来，见过一位前辈开道馆时有人踢馆，他说：“来，你过来。”随手一拳打碎了身边一把破木头椅子，踢馆的人灰溜溜地走了。这使得我明白，武术源自与世间万物的搏斗，当搏斗退潮时，武术必然衰退。

中国文学教育的最大问题是概论太多，文学史太多，而读书太少。很多人没读过鲁迅、老舍，照样能谈得一套一套的；不能登台唱一句戏曲，却大讲戏剧史和理论。武术也是一样，不打出千万次的血汗，不能空谈武术。

习武是中国人的基本素养

自古以来，习武是中国人的基本素养。从周朝将射箭作为贵族阶层必学的六艺之一，到民国时期宣扬的“国术救国”，再到我们从小体育课上所学的中国武术，都使我们不忘我们有一套自己的格斗之术。武术是中国古代的自然科学。武就一个字：打！拳脚无眼，血溅五步，以命搏命。如今，我们练功，不谈文化。

人身上最硬的地方是胳膊肘，软的地方到处都是，如腮部的神经区，一拳就倒，鼻梁、喉头、后脑、腿窝、关节等要害处处怕打。武术是研究如何护住自己、如何打别人的实践过程。法国哲学家丹纳在代表作《艺术哲学》中，认为艺术受“种族、时代、环境”三大因素的影响，这可类比武术的兴衰起伏，也难以逃离这三大因素，是习武者的种族、所处年代、实战环境造就了各种武术，这三样变了，武术也就变了。

因此，每种武术都根据对实战双方的种族、发生的年代与环境的总体预设来战斗。每种武术的缘起和创立，都受制于格斗时的环境和对自己、对对方的预测和假想，是建立在一种特殊思维模式和情况下的武术。比如，中国武术是农耕文明时期在平原生活的防身健身之术，泰拳是古代暹罗军队热带作战的拳术和诸侯豢养的武士比武格斗之术等。韩国跆拳道因为其创始人崔泓熙将军在船上感受到大海的起伏，由此更注重习武中脚下起伏流动带出的力量。日本空手道中的松涛馆流为上层武士所习，讲究一击必杀，注重对自身的保护和对对手的控制，并不痴迷于缠斗。武士多带刀，长刀、短刀各一，不能一击必杀，则对方必拔刀反击，搂抱缠斗时，对方掏短刀就麻烦了。而空手道刚柔流受中国南拳的影响，多为码头工人所习练，似坦克战术般的断打，打起来也不好看。

古代中国武术实战环境位于战场，当战场杀敌变成了生活中的比武，不再以杀人为第一目标时，武术的实战功能立刻发生了变化。北拳的很多拳术练的是一招毙命，这在现代化社会有点儿尴尬：一是练武不为打死人也不能打死人；二是部分武术一出手就会打死人；三是这功夫没法儿实战也没法儿承传。每种武术都能追溯其功勋卓著甚至具有神话色彩的祖先，但绝难全部继承战场上的杀人伎俩，仅是表现了战场上的细枝末节。有说法称，八极拳起源于长枪兵，太极拳起源于一手持刀、一手持盾牌的刀盾兵，而八卦掌起源于双刀兵等。但武术又有神话托名之说，说长拳源于宋太祖赵匡胤，太极拳源于张三丰，少林拳源于达摩老祖。每种武术都需要崇拜一个偶像。武林的众多门派拳术，多是明清以来创立并发展的，所谓拳法开创者之说多为附会。

明清时期中国武术的思维方式是“重术轻力、重智轻勇、用意不用力、以练保战、重视手法、上轻下实、顺势借力、以气催力、以气护身、息力生气”，注重以弱胜强。招数花哨的一个原因是，我不跟你死磕，而是用你想不到的方式来战胜你。例如，太极拳会预设对方先来进攻，然后以彼之道还彼之身；李小龙截拳道中的截腿，根据跆拳道正面直接起腿、空手道侧面横抡起腿等，在对方未出击时出腿截击。传统拳术分南北，北方拳多借用腰部的力量，南拳如咏春，是练后背两片肌肉，以半身法力为主，预设的环境是在南方的舟船街巷中，人的胳膊在两边，拳打正中间，等于在走斜线。而咏春起势即占据中线，以立拳代替横拳，以快和连续取胜，多是近身锁脖子，用脚踢对手下巴的招数，能街斗，能速成，适用于狭小地带，上擂台并不能发挥全部威力。

每种武术都有其高明之处，都有厉害的大师，但问题在于，当某种武术的环境预设变了，“大师”有时就不灵光了。部分武术认为自己的招数对方没见过，可以出其不意攻其不备，在电光石火的一刹那使出花招，利用对方没有来得及反应和防守的空当将其击倒。问题是，你的招数别人没见过，别人的招数你也没见过，兴许比你还狠。中国古代的拳师没见过以透支身体来搏命、天天踢椰子树练出来的泰拳手，现代武术拳师也少有在泰国看拳赛被血溅到身上的经历，这就好比你练成了太极宗师后遇到了泰森，他不跟你玩推手，只用左勾拳加右直拳打你的腮帮子。你设想对方应该躲，但对方就是跟你死磕。你原想把在预想环境中练出来的功夫应用在实战中，可实战中的敌人变了、环境变了、游戏规则变了，招数也就不灵了。

兴衰往事

唐代以前，中国人多学剑术，唐宋年间史料几乎不可考证，从清代中后期开始，中国武术的门派越来越多，拳法越来越多，套路越来越精熟，武术行业的规矩越来越完善，圈子也越来越小，这意味着古代武术的产业链日渐完善，所有练武术的人都认识，都是师兄弟，形成了圈子内的互相扶持。每个人都注重面子，比武格斗越来越不真打。比武渐渐点到为止，甚至演化成每个人各练一趟拳脚，行家伸伸手就知有没有。再往后发展，练都不用练，彼此直接干聊，这一聊便知这人武术真高，佩服佩服，立刻分了胜负。清末的镖局也是如此，走镖的镖师多是见多识广的绿林中人，很多时候都是彼此卖面子，插上某个镖局的旗子就保障没人来劫，更用不着动武。清末有了手枪，镖师表面上都标榜不用手枪，实际上都将手枪带在身上以防万一，因为谁都不傻。

武术的衰落缘于古代社会的瓦解，导致整个武术产业链的瓦解。老舍的小说《断魂枪》中写道：

> 夜静人稀，沙子龙关好了小门，一气把六十四枪刺下来；而后，拄着枪，望着天上的群星，想起当年在野店荒林的威风。叹一口气，用手指慢慢摸着凉滑的枪身，又微微一笑："不传！不传！"

很多武术就这样被老辈人带走了。带走的"五虎断魂枪"到底能不能打？可能大家永远都不知道。

古人云"穷文富武"，穷书生通过读书考科举能光宗耀祖，而习武者要学有所成则需要花费更大的成本。拜师，必然需要财力的支持。习武之人多不事生产且不管家，习惯上会大男子主义，每天早起都要练功，教徒弟，与同行切磋。古代的习武者的职业有开馆授徒、做保镖、考武举做武将、从军、出家等，较多的是做地主，各自的经济体系都能正常运转。近现代以来，前述的习武者职业都逐渐走向边缘或消失，洋务运动以来操练新军，枪械日趋重要。传统地主经营的破产，使得偏向传统职业的人越来越穷，而很多习武者都出身贫苦。武术家大多以开武馆授徒为生，甚至从事普通的职业。八卦掌宗师程廷华人称“眼镜程”，是做眼镜的，那时候做眼镜赚钱。而有些习武者比较惨，全无生计，落魄江湖。

另外，习武者的保守与封闭影响了武术的传承，真功夫千金不传，开武馆传男不传女，传里不传外，甚至不传外教门的人。要么为了赚钱，怕教会徒弟饿死师傅，这便使得许多好功夫既脱离了实战，又难以传承，即便传下来了也没多大用处，更让人怀疑到底有没有真功夫。徐皓峰的电影《师父》便反映了民国时武行的一些现象。传统武术的产业模式太成熟了，各大门派把武术爱好者这块蛋糕瓜分得太均匀了，能不能打不重要了。

然而，民国时期内忧外患，提倡国术救国。学生们的体育课开为武术课；二十九军的大刀队请了传统武术家做教师，以专门应对日本人的刺刀；作家们创作出大批的武侠小说，中国人要靠编造“打败俄国大力士”来寻找自信。这些作为使得传统武术产业复兴了一阵，武术不行也得行了，而不论是“捧杀”还是“棒杀”，都为国人清醒认识武术蒙上了迷雾。

过去，如果想传播一种武术，不是要宣扬其战绩，而是要寻找一位偶像当祖师爷。于志钧的《中国传统武术史》讲：“崇拜偶像，是越‘神’越好，不怕‘神’而怕不‘神’。”“偶像要有四个条件：第一要有传奇性，第二要有足够的众体支持，第三要有实质性的内容，第四要有文化内涵。”20 世纪 50 年代以来，由于一度不鼓励发展武术格斗，我们便把武术作为一项健身运动，而不是格斗运动，这使得武术与擂台越来越远。

当体育课上不再练体能而是学第 N 套广播体操时，当太极拳成为“一个西瓜切成两半，一半给你，一半给他”的老头儿老太太的健身运动时，当女生着迷地以瘦为美而是不以强壮为美时，当越来越多的男人与“小鲜肉”比美白时……当种族、时代与环境都发生变化时而不应变，武术就越发衰落了。

传统与现代之间

幸好，世界上还有擂台，还有各种无限制的格斗比赛。

一个人不论是练套路还是劈砖头，是某某传人还是某某保镖，都不能证明其武功多高。擂台是检验武术的唯一场所。但打擂台打的是规则，按照规则训练，导致选手功夫存在短板，也导致了武术的进一步衰落。

中国传统武术有练法、演法和打法之分。所有基本功的练习、套路的演练和实战中的拆招都不是一回事。人人都会做弓步冲拳，但不知弓步冲拳在实战中的运用是快速冲到敌人面前，同时用腰劲儿出拳击倒对手。掌法的要点是用手掌的下半部打人，而不是做个立掌的姿势亮相。武术比赛多是比套路，但我们看 1954 年中国澳门白鹤拳名家与太极拳名家的比武，两位名家照样使用现代搏击术格斗。对古代传统武术的比武做个猜测，很可能近似现代武术的格斗方式，不是我们看到的云手和套路，更不是电影里的飞檐走壁。

中国武术一讲一练就明白，但真正理解并能运用于实战则是另一回事。女子防身术中教空手夺刀，假定女生遇到持刀歹徒，用双手手腕十字交叉架住对方持刀的手腕，含胸缩身躲开刀尖，然后上步双手拧对方的手腕夺刀。问题是，一般情况下女生敢这么做吗？要多强的身体素质和多充足的实战经验，又有多大的力气，才能一下子空手夺刀呢？习武中练的旋风踢之类转一圈再踢一脚的功夫，在实战中很难用上，没有人会在空中转一圈把后背对着对方。很多人会谈内家拳，比如打大沙袋，一拳把沙袋打飞是外家拳功夫，沙袋飞得不厉害，但这边打进去一个坑，另一边鼓出来一个包，这是内家拳功夫，即打在人身上，不是打折肋骨，而是震伤内脏。但问题的关键不在于比赛时戴了拳套不能发挥内家拳，而在于先能打中人，否则都白搭。练传统武术不是练哪种拳的问题，而是能打人并扛打的问题。正如学唱戏不在于学生、旦、净、丑哪个行当，而在于嗓子音量先让人听见。武术重在练、重在比，更重在实战中能用。

传统功夫有很多观念与现代不合。我们看中国古人的画像，看寺庙里的金刚塑像和医术上的针灸铜人便得知，古人认为人的气集中在腰部，腰越粗，人越强壮，是不练肌肉的，认为死板的肌肉会把人的力气锁住。因此古人不是以胖为美，而是以整体的圆润丰满为美，而现代比赛中的肥胖臃肿有损体力；传统武术注重下盘的稳当和抻筋压腿，不够注重保护头部、力量对抗等。比如拳击是膝盖指着哪里，拳打向哪里，而中国功夫不注重这些。打赢雷公太极的徐晓冬因练过拳击而占了上风，各种武道中的拳法在拳击面前都很小儿科。20 世纪 80 年代，中国人参考拳击、现代搏击和摔跤发明了现代散打，能利用其他武道不善摔跤而取得胜利。否则放眼世界，“九九八十一门”中的武术则落得无拳可打。

作为体育比赛，每种武术就有了各自的规则，每种规则都是传统武术中的环境预设，预设越复杂，越容易脱离实战。在职业体育运动中，有“打比赛就是打规则”的说法。而今在奥运会中稳坐江山的跆拳道比赛都要求踢腰带以上且没有摔法，练久了很容易不会踢低腿，不会摔跤。而跆拳道 WTF 连像样的拳法都没有。有的跆拳道比赛用上了电子护具，轻轻一点就能得分，更无实战性可言；有的空手道比赛禁止连续击打，选手一击而中后，裁判就会分开二人，令其重新开始。再以击剑为例，比赛中同时进攻并先刺中者为胜，后零点几秒刺中者得分无效，但实战中双方有可能同归于尽。擂台上的冠军，并不一定是实战中的高手，真正在实战中立刻毙敌的都是特种兵或谍报员防身术那类的武功，若真的想学以致用，还是得多学学如何闪电般拧下对方指着你的手枪。用武侠小说《多情剑客无情剑》中李寻欢评价阿飞和荆无命的话来说，是“他们不会武术，会杀人”。

我们没有建立起国外职业拳击运动那样的比赛与经纪人体系，选手没有科学的训练体系和良性循环的运作模式。国外拳击选手能在大的训练场所中，在一个器械前，接受相应的教练指导练哪块肌肉，练完再换下一个器械和教练，选手练到一定程度，参加比赛即可谋生。而练习传统武术的师傅和徒弟都要工作，闲时就到公园树林里玩会儿得了。

世界上有些东西是变的，有些永远也不会变。中国武术不是宗教、文言文和传统文化，不用抱残守缺，慎终追远。武术是术，是攻与守的技术和方法，是要变的。而尚武的精神是不能变的，中国武术落后于世界搏击术，是因为中国人整体尚武精神的缺失。因此传统武术要强大，必须市场化与职业化，而习武者所要做的是，不论别人谈得玄之又玄，自己只管每天都进行实战性的练习，如用啤酒瓶子擀迎面骨，用脚死磕椰子树。

我鬻文为业，业余习武，练功时断时续，比赛负多胜少，但写作十年来，经常站在各种武道擂台上，打赢了走下去，或打输了被抬下去。格斗的快乐远甚过输赢，正如写作的快乐大于发表。

后 记

生活在北京这座城市的腹地，我却总感到它的魔幻与恍惚。那些曾经去过的地方，它真的一直是自己所见的样子吗？我总想起在十几年前，圆明园西部尚未装修的时候，那边是成片水连天的野景，当然这几年那已不是当初的样貌。十几年的变化尚且如此，更何况那明武宗的豹房、曹雪芹的传说、南海子的麋鹿、大刀王五的镖局、砖塔胡同的砖塔、谭嗣同停灵的法源寺与李大钊停灵的长椿寺，以及一溜边山七十二府的陵墓、陶然亭的野景、辽金故城、香山健锐营的八旗印房……那些燕京八景、三山五园、西苑三海、皇城八庙、五顶五镇物、京郊成片的古墓石碑……把这些都连缀起来，便可以接近一个真实的北京吗？

也许这些还远远不够，因为北京不只是掌故，北京是活的。

陈平原先生提倡“北京学”，他曾在采访中指出：“除了建筑的城市，还有一个城市同样值得守护——那就是用文字构建的、带有想象成分的北京。”守护北京的目的，是“尽可能让大家留住这个城市的身影，留住‘城与人’之间剪不断、理还乱的复杂情感”。

为了留住北京这个城市的身影，我写作了《北京烟树》；为了追溯这个城市历史文化的细微之处，我写作了《北京繁华录》。

写《北京繁华录》这本书时，我主要通过实地考察、阅读文献和采访实录，我将之归结为认识北京的三重门：文物、文献和文人，这也是我对北京寄予的三重爱。

文物之爱

北京是座文物之城，有很多“国宝党”来北京的“全国重点文物保护单位”打卡。此地适宜“格物致知”，可以对着崇文门往西的明城墙遗址，对着有钱也不卖给你的前门楼子和故宫那高高的大红墙，看看能“格”出些什么。

疆界、形胜、地势、气候、实业、交通、风物、礼俗……

当站在德胜门城楼上时，可以想象公元1449年北京保卫战时于谦在此督战。那时还没有崇文宣武，城内的富户都南逃了，九座城门打开列出二十二万大明军队，他们身后是随之紧闭的京师城门，马上就要背城一战。从德胜门到土城一带的北京市民，也纷纷上房上城，用砖头瓦块投入与瓦剌大军的战斗。

北京角落里的文物典故，要用篦子篦透了。在此只举一类：京郊墓葬。

2007年，我与几位挚友一起成立了一个民间组织“北京坟协”，正名叫“北京园寝遗址调查保护团队”，于2012年获得第五届“薪火相传——中国文化遗产保护年度杰出团队”。我们坟协自己编印不定期的内刊，名为《水盘》（水盘即古代驮石碑的赑屃身下的方形石座，有的雕刻了海浪和鱼鳖虾蟹）。几乎所有的北京古迹我们都去过，大部分的北京老照片我们都能认出来，不少的探访经过都有文字记录。

京郊田野有大量的古塔、寺庙、古墓，“一抬头就瞧见了，王八驮石碑”。村落大多是在坟地上发展起来的，铁家坟是书法家铁保的，英家坟是大学士英桂的，孔王坟墓主是孔有德，松公坟是松筠——名伶言菊朋的高祖，索家坟是索尼，八王坟是英亲王阿济格，叫公主坟的地名则多达十几处，可从辽代历数到清代。这些地名纵使开发成楼盘，也不应改为某某四字小区，既抹杀了历史，又给人添了麻烦。

从20岁开始，我便野了心似的在户外游荡。上大学时，有了卡片相机，就在大可乐瓶子里灌上凉水，带两个烧饼，披上件旧大衣，背上个破书包，一个人坐在郊区汽车上左右摇晃，上下颠簸。我原是一位荒野寻墓人，只有在那清幽的古墓中，才能得到片刻的安逸与宁静。

古墓多有石碑、华表、石人、石马、石虎、石羊，我极喜欢看石碑。石碑是石头做成的书。在未有纸张之前，为了保存文字，勒石以铭；使往来读碑者，尽知其善。有清以来，大凡建筑石碑都比历代花哨，王公贵族的墓碑石材都是房山大石窝出产的汉白玉。标准的大墓一般是两方石碑：一块御祭，一块诰命。石碑上的御赐祭文有固定的格式，大多是这样：

> ……曰：鞠躬尽瘁，臣子之芳踪，赐恤报勤，国家之盛典；尔 ××× 性行纯良，才能称职，方冀遐龄，忽而长逝，朕用悼焉，特颁祭葬，以慰幽魂。呜呼！宠锡重垆，忝沐匪躬之报，名垂信史，聿昭不朽之荣。尔如有知，尚克歆享。

除了墓主名字有改动以外，几乎是大同小异的。

另一块石碑是诰命，专门用来写墓主人的生平传记。此类墓碑多是上有碑首，下有龟趺，四米多高，连通天地。碑首按照墓主级别分为龙首、麒麟首和狮子首，龙又分为夔龙、蟠龙、虬龙、螭龙四种。碑下的神兽叫赑屃（也称“霸下”），这哥们儿头似龙首、身形似龟，好负重，龇着一排牙齿，是龙生九子之一。碑的文字多为满汉双语，边框都雕上龙，顺治时期为十条，顺治朝以后为十二条。碑首与碑身交接处雕刻着单数的云团，或九或七，碑的侧身雕了升龙，碑下水盘雕刻的海水江崖中，隐藏着海怪与鱼虾鳖蟹。

有本书叫《雪屐寻碑录》，作者是清代肃亲王豪格后裔盛昱（1850—1899年），以诗文、金石名重一时，曾做过国子监祭酒及山东乡试考官，因忧愤时局而辞官归隐，爬梳旧籍，纵情山水，痴迷于拓碑。书里收录八百八十方京郊墓碑之碑文，许多石碑今已不见。

那些年带上一册薄薄的《雪屐寻碑录》，与两三好友寻至京郊一段古城墙，午后翻上几页书，对着夕阳，看着城墙上杂乱的灌木树枝高唱昆曲，手撕扒鸡，对撅“乌苏”，真是有说不出的快意！

文献之爱

文物要看得多，看得全，心里有了比较，才能知道哪个更好，好在哪里。正如把《明史》和《清史》对读可明事理，北京的文物都可作为历史的参照和补充。

北京有着丰富的文献研究传统，北京的掌故名家是可以分组来说的。

清末以来，有掌故学三大家：瞿宣颖、徐一士、黄秋岳；有被誉为“京华掌故首金张”的金受申、张次溪；有“渡海三家”：齐如山、唐鲁孙、高拜石；到20世纪80年代又有朱家溍、王世襄。

有一套《北京古籍丛书》，共一百多部，后世的书多从这里繁衍。可分成几类：有《燕京岁时记》《帝京岁时纪胜》《京都风俗志》等风俗方志；有明清、民国文人的笔记专著，如查慎行《人海记》、孙承泽《春明梦余录》、瞿宣颖《北平史表长编》、郭则沄《知寒轩谈荟》、徐世昌《徐世昌日记》等；还有艺文、竹枝词类，如《辽金元宫词》《明宫词》《清宫词》《人海诗区》等；另有古代旅行指南，如《都门纪略》《增订实用北京指南》《北平旅行指南》；还有多卷本的巨著，如《日下旧闻考》《光绪顺天府志》《明实录北京史料》《雪桥诗话》等。而另一路，是现代文人所写的北京，如姜德明编的《北京乎》《梦回北京》等，收录周作人、老舍、梁实秋等名人的作品，另有大量不甚知名者所作游记，如赵国忠编的《故都行脚》、子瑞编的《旧京游记》；更有海量的北京文献没有整理和研究，很多作者、整理者、点校者都没能留下他们的名字。

更广义的文献来自民间。它们包括：百姓所用的礼俗簿子、账本、街头广告词、通知布告、往来公函、机构简介、信札日记、民间俗语、工厂学校和医院的年鉴、花名册与通信录……走在胡同里，抬头能看到各色的门楼和砖雕（做砖雕的也叫花儿匠，不是种花的），也能看到残留不多的匾额、对联。百年无废纸，是它们告诉我旧时的习惯用语及街市的面貌。

从晚清时翁同龢、李慈铭等人的日记中，能看到一百多年前的人都已经遍访旧京并为今人爬梳文献，我们如今的每一步都仿佛在古人的足迹上追摹。

文人之爱

文物与文献是历史的载体，而北京最美的风景是人。

旧式的乡饮耆宾，隐藏于胡同的各个角落，他们是官办历史修纂者的后人，所做的口述往往能把修官史时删掉的记忆带到闲谈之中。民间历史并不是野史，而是可以作为正史的补充；当事者后人的讲述，又可以抛弃那些过去年代造成的阴霾。其实他们就是历史本身。

我小时候并没有口述史的观念，只是愿意和长者聊天，愿意问这问那。因为家住北新桥，从小能听到各种版本的关于北新桥锁龙井的传说，知道哪个版本是哪家街坊编出来的。我的姥姥姥爷、姨姥姥姨姥爷等，都是20世纪40年代的大学生，大多投入“反饥饿，反内战，促和平”等学生运动中，因而从小我便受到非常正统的革命历史教育。我又曾为北京戏曲学院、北京曲艺团的老先生们做口述史，后因故没有出版，但我对老先生们十分感激。又有一次，我在干面胡同拍照，无意中走到了顾颉刚曾经的居所，旁边有位老人静静地看过来。我问：“您知道顾颉刚吗？”老人用一口细弱温婉的南方话回答：“知道，我是他的助手。”那一瞬间，我感觉那些逝去的人物又活了，你仿佛可以握着他们的手，通向他们的精神世界。

胡同耆老的特色在于，有不少是祖上做过清朝的高官且世代互相通婚，又有不少命途多舛，被世事所裹挟，他们各自天生是一部民间秘史。他们不擅长或不屑于做文章，终生也未“破圈”，只是在小范围内交游。

诸位先贤中，常人春精于婚丧嫁娶的礼俗，王永斌精于前门一片各家的买卖店铺，张宝章精于西郊的园林和古墓，白鹤群研究会馆，冯其利考据王府王坟，马书田精于民间诸神的研究，赵珩精于旧京饮食，翟鸿起精于灯谜，侯希三研究戏楼，赵书研究旗人文化……另有京郊诸位精研地方史志的乡贤：石景山李新乐、海淀张文大、顺义刘德水、通州周良、房山张玉泉、门头沟齐鸿浩、昌平张元哲、延庆孟广臣……千万不要把他们当成地方文人，他们才是故家乔木，是文史档案的作者，是疑难问题的解答者。

很多先生都已身归道山，但精神和著作永存。他们并没有全部吐露胸怀，更多的往事被风云变幻中的他们带走了。

值得庆幸的是，北京又有了后续的青年才俊，如芬兰博士杨晓晨兄精于全国的文物考察和故宫古钟表修复，北大怪杰刘鹏居士精于佛教仪轨和甲午海战史，王敬雅女史精于古代官制，王志伟兄精于清宫文化，曹振伟兄精于古代彩绘，宁霄兄精于古代戏曲能演唱、能研究……

有几点要说明的是：

一、口述史整理者的专业素养至少不低于口述者；

二、老辈人的观念、逻辑和今人不大一样；

三、那种以血缘、师承、邻里为纽带的关系，半街坊、半家庭式的聚会，是旧京最为温暖的回忆。

三重门，三重爱

有人会对我这种写作和研究方法有疑问，认为散文一定要写亲身经历的，但凡没经历过的就不要写了。其实有关历史文化的散文，多是在历史与自身之间穿梭。圆明园已经罹难了一百六十年，可对于圆明园的研究却尚未深入。

一件事物从生活中进入历史思索中时，便是理性研究它的开始，而北京之于我，恰恰如在《北京繁华录》这本书中所呈现的那样，正处于情理交融阶段，正在从一个生活于其中的古都，变成身在其外去观察、品味的景观。

深秋的一个黄昏，我在北京地铁4号线坐了三站：西直门上，魏公村下，等同于出西直门来到大慧寺。突然间，我翻开手机，读到"桐城三祖"之一刘大櫆的《出西直门宿大慧寺》这首诗：

已来岩壑里，犹作市朝看。
殿角悬初月，松阴生夜寒。

抬头看到悬于大殿飞檐的上弦月，想到与刘大櫆这位原本与我没关系的人，异代而同地面对同一情境，真是忍不住给他续上几句打油诗："不懈寻幽静，丛林却枉然。往来三站地，人近子时眠。"

我在北京的大街小巷四处徜徉，也在文物和文献之林中缓缓跋涉。我是观看这个动作的发出者，它们是被观看的对象。看多了，能增长知识，但如何将知识变成思想呢？恐怕还得需要人本身有一定的想法，能够用知识不断地修正它。

老北京是个四维空间，在某时、某地，发生过某件事情，这件事是其中的一个点，整个事情的走向使得这个点在四维中形成自己的一条轨迹，而其他那么多点，照样发生了许多事情，照样走成了它自己的轨迹，我们处于今天的时空虽然无法接触到，却可以通过学习文献来了解、触及。绝不是文人来使用文物和文献，而是文物与文献中深藏了无数文人之魂——文人本是文物与文献的化身。他们可以互相转化，他们是一体的，北京的历史，始终是“繁华”的底色。

古蓟门烟树的景致今已不见，乾隆御书的蓟门烟树碑仍立于元大都城墙遗址的西城墙上，一代代北京人仍在这座古城中过日子。北京是百姓的乐园，也像是一个旧文人的梦，但愿这本小书，能留下一点梦境记录吧。

最后，在此感谢恩师张卫东，感谢多年来一起考古的“北京坟协”诸友，感谢老友林遥、宋希於、王若舟、肖水、年微漾，感谢亡友赵倩君，更要感谢杨早先生拨冗作序，感谢中国工人出版社的领导和本书责编陈培城。我会继续努力写作，希望读者朋友们喜欢这本书。

侯磊

2024 年 1 月

图书在版编目（CIP）数据

北京繁华录 / 侯磊著. —北京：中国工人出版社，2024.3
ISBN 978-7-5008-8378-4

Ⅰ. ①北…　Ⅱ. ①侯…　Ⅲ. ①散文集－中国－当代　Ⅳ. ①I267

中国国家版本馆CIP数据核字（2024）第053800号

北京繁华录

出 版 人　董　宽
责任编辑　陈培城
责任校对　张　彦
责任印制　黄　丽
出版发行　中国工人出版社
地　　址　北京市东城区鼓楼外大街45号　邮编：100120
网　　址　http://www.wp-china.com
电　　话　（010）62005043（总编室）
　　　　　（010）62005039（印制管理中心）
　　　　　（010）62379038（社科文艺分社）
发行热线　（010）82029051　62383056
经　　销　各地书店
印　　刷　天津中印联印务有限公司
开　　本　880毫米×1230毫米　1/32
印　　张　7.5
字　　数　174千字
版　　次　2024年4月第1版　2024年4月第1次印刷
定　　价　58.00元